북극 항로

지혜사랑 265

북극 항로

김정웅 외

지혜

『북극 항로』를 펴내면서

이 어렵고 힘든 시기에 시란 무엇인가를 생각해 본다. 춘래불사춘_{春來不似春}. 봄이 왔지만 봄이 오지 않았다.

우크라이나 전쟁에서 비롯된 미국을 비롯한 유럽과 소련과 중국과의 극단적인 대립과 갈등, 자원전쟁과 보호무역주의, 저출산−고령화의 덫, 세계일등국가와 문화선진국의 길은 더욱더 요원하기만 하다.

북극 항로, 북극 항로,

이상낙원으로 가는 가장 빠른 길, 불가능하기 때문에 반드시 가야만 하는 길을 향하여 43명의 시인들이 가장 힘찬 돛을 올렸다.

2023년 4월의 봄날에

차례

1부

2부

3부

4부

• 일러두기

  페이지의 첫줄이 연과 연 사이의 띄어쓰기 줄에 해당할 경우 >로
표시합니다.

1부

강우현, 강익수, 권혁재, 김군길

김도우, 김명이, 김선옥, 김소형

김외숙, 김정원, 김정웅

파쇄 외 1편

강 우 현

시작 버튼을 누르면 소스는 사라지고
어딘가 제자리에 적나라한 자료가 꽂힙니다

네모난 위장은 형체 없는 단어로 가득 차고
갈려버린 침묵은 지퍼를 열지 않습니다

조금씩 물이 날아가는 가죽 재킷을 눈치채지 못하면
지상은 프로그램된 막차를 출발시킵니다

우리의 시민권은 하늘에 있으니
거기서 이승을 삭제하는 것이 맞습니다

어느 비밀 서랍이 열리고 있는지
지금은 물방울 떠다니는 우기

그녀의 머리에서도 수국처럼 핀 붉은 꽃다발
예고 없는 파쇄로 비밀을 감추느라
어린 딸아이 손을 놓고 돌아누웠습니다

누굴까요
빽빽하던 게놈지도 파쇄기에 물리고 시작 버튼 누른 분
한 번쯤 실수해도 괜찮았을 텐데

>
눈앞의 기쁨만 보는 우리는 거기까지
지상은 지워진 내용들이 꽃으로 피고
눈치채지 못하는 목숨의 성분은 싱싱합니다

다른 그녀가 빗속으로 걸어옵니다
하늘이 하는 일입니다

꽃 제단

꽃 먼저 내는 나무는 죽음의 편이다
꽃눈이 열릴 때부터
햇빛의 방향을 서쪽에 맞춰놓고
가장 예쁜 색으로 접시마다 상을 차린다

제단에 오른 것들은
바람의 말을 잘 듣고
한도 없는 웃음을 가져
봄의 중앙으로 소용돌이치는 물살이 된다

쓰디쓴 울음은 어디에 감추는지

다가가면
제 몸으로 품어 그늘이 깊은 바닥
거기 어디쯤
꿈으로 돌아가는 잠의 예약이 붉다

먹이 쪽으로 눈이 먼저 날아가는 벌처럼
제수를 뜨고 지나는 길

몇몇 후회와 만족이 함께 사는 한 철
늦은 끄트머리에

아직 떠나지 못한 꽃송이 목이 아프다

제물은 시작부터 환생을 꿈꾸었던가
꽃이 지고 싶어 활짝 핀다

강우현 2017년『애지』등단, 시집『竹, 경전이 되기까지』, 이메일 vkfkdto1018@
hanmail.net

사람과 돌의 간극 외 1편

강 익 수

눈 깜짝하는 사이
100년이 지나간다
한 걸음 내딛는 사이
1,000년이 지나간다
말 한 마디 건네는 사이에
10,000년이 지나갔다

달팽이 걸음은 광속의 행보
하나의 문장이면 수만 년이 걸리는데
너희는 수 초 만에 완성한다
잠깐의 묵언수행이면
너희는 세상의 도서관을 가득 채우고도 남을
말의 홍수를 쏟아낸다

종이 다른 소통의 부재는
이렇듯 느림과 **빠름**의 간극인데
너희는 이를 생물과 무생물이라 한다

100년도 무른 너희들이
빠른 것만 쫓아가니
지구가 돈다

사람의 길

늪의 두려움은 그 깊이를 가늠할 수 없는 평온에서부터 시작하듯 사랑도 그랬다

너와 나 사이의 와는 언제부턴가 징검다리 같았다 냇가를 사이에 두고 건너편 마을 친구들과 돌팔매질하며 싸웠어도 다음날이면 웃으며 징검다리를 건너 오가기도 하였고 많은 비가 내리는 날이면 서로 바라보다 돌아가듯 우리도 그랬다

지금이라는 것은 지나간 시간과 다가올 시간의 경계선이라는 것을 너를 바래다주고 돌아오던 차창 너머 풍경에도 없는 듯 유리창이 있다는 것을 사는 것이 먹먹해서야 알았다

인간人間은 왜 사이 간間을 쓰는지 알기까지 몇 번의 찬바람이 지나갔다

강익수 2021 『애지』 등단, 이메일 kfban@hanmail.net

밤 도계읍을 지나며 외 1편

권 혁 재

도계읍의 밤길은
주검같이 싸늘하고
체머리를 앓는 사람처럼 흔들렸다
막다른 갱도 속에서
어쩌자구 우는 새들,

무너진 막장에서
새들은 죽었다
날개가 꺾이고 다리가 부러진 채
아침의 짧은 인사가
새끼에겐 유언이 된,

밭은기침이 삭도를 타고 쫓아와
바람에 섞여 읍내로 들어섰을
그 시각 밤에 이르는
새들은 날지 않았다

새에 이르는 밤*들 또한 오지 않았다

* 박잎의 작품 『새에 이르는 밤』 제목에서 인용함.

18

자리가 비었다

한 차장이 면직되고 자리가 비었지만
계절이 바뀌어도 신입을 뽑지 않았다

그가 키우던 죽은 나무를 내다 버렸다

먼지에 덮인 의자가
눈치 보며 비꼈다

전화가 울려도 받지 못할 빈 자리
지나간 공문이 폐지 더미로 쌓여도

한 차장을 기억하는 직원은 없었다

문상을 마치고 나와
붙여대는 담뱃불처럼

한 사람의 청춘이 연기로 사라졌다

권혁재 2004년《서울신문》신춘문예 등단, 시집『당신에게는 이르지 못했다』,『엉
경퀴꽃』,『누군가의 그늘이 된다는 것은』외.

너는 꽃이다 외 1편

김 군 길

세월이 가진 흉터
그렇게 아름답지 않아도 좋다

그래도 필 꽃은
어떻게든 피어난다
어디서든 세상 곁에 자리한다

늦음이 때론 빠름보다 뜨겁다

누구나 축복받은 세상을 가진 것은 아니어서
제가 힘들게 들어선 자리
흔들리고 뒤틀려도
소망의 불씨 놓지 않는다면
꽃은 언젠가 당당히 피어난다

늘 큰 강줄기에 머무르고자 한다면
뭇 안개의 이름조차
강물을 노래하게 된다

그렇게 피어난 꽃은
화염보다 더 휘황하다
어느 겨울보다 달콤한 꿀을 품는다

\>
네가 어떤 꽃인지
간절히 묻고
또 묻는 순간부터
유일한 존재의 꽃이 된다

바람도 들판도
네 꽃 하나로
흔들린다

포개진다는 말

흐린 창이 저무는 꽃잎에 휘날리네
떨어진 꽃잎 위에 또 다른 상아빛 꽃잎은 쌓여
겨울정원을 이루네

차갑게 떨리는 내 가지 위에
네 손이 지긋이 덮어올 때
차락차락
언 가슴 녹여주는
포개진다는 말

얼마나 많은 허공을 헤매어
너는 이 손을 갖게 되었을까
어떤 시간을 삭혀
냉혈 속 한 가닥 온기를 키워냈을까

아직도 흔들리는 내 창 위에
겹겹이 언 허공을 쓰다듬어 오는
휘몰아치는 바람 안타까이 다독이는
이 어둠 다정한 손길을

아차, 하는 순간에 덮어주고
포기하는 순간에 붙잡아주는

포개진다는 말
이 안도를

김군길 2016년 『애지』 신인상으로 등단, 2022년 시집 『나를 사랑하는 시간』 발간.
이메일 rnsrlf8007 hanmail.net

몸살 외 1편

김 도 우

이사 온 의자가 셀카를 찍는다
키위나무 아래 고양이가 눕는다
아이는 까르르! 웃고 강아지가 따라 컹컹거린다
아이의 어깨에 햇살이 부서진다
고양이 앞에 가까이 다가간 아이
꼬리를 잡으려고 작은 손을 내민다
흔들리는 나뭇잎을 보며 의자가 책을 읽는다
책갈피를 따라 아이는 사라지고
고양이는 보이지 않는다
의자는 한참을 서성인다
다시 셀카를 찍는다
한창인 머위가 뒤뜰을 돌아나온다
쪽문으로 붉은 해가 걸린다
바다가 잔물결 치면
똥게*들이 골목을 따라 뒤뚱거린다
울퉁불퉁한 시멘트 길 숨이 찬다
인동초 향기 바람에 흩어진다
민들레, 깽깽이풀, 질경이, 안간힘을 쓴다
오죽烏竹이 오리 다리를 쭈볏거리며
창문을 밀어 올린다
풍경 다른 나를 하루에 담는다
키위가 노란 솜털을 싸고 새콤달콤

파도 무늬 치맛자락에 과즙을 담는다
나만 바쁜 줄 알았는데 모두 분주하다
마당 여기저기가 들쑤신다

*황게.

지퍼를 열어

    강이 돌아가네 까페에 노란 미역취가 일렁이네 와플에 토핑된 노을이 입술을 오므리네 저어새 한 마리 외다리로 갈대를 부르네 생크림이 묻은 물결 사이로 입맛을 다시며 달려오는 갈대, 하얀 숨결을 바닥에 펼치네 바퀴를 단 까페가 부표처럼 둥둥 떠다니네 펼쳐보지 못한 날개를 퍼덕이네 빙글빙글 돌아가네 파랗게 질린 의자와 하늘빛 햇살에 멱을 감는 의자, 딸기 세이크 같은 웃음을 흘리네 볶은 커피를 담고 모래톱을 읽네 철새가 강에 눕네 까페가 눕네 나도 따라 눕네 나는 오늘 철새가 되었네 망원경 달린 눈이면 더 좋겠네 강은 엉키지 않고 내 그림자를 따라오네 따뜻한 눈빛은 영하의 날씨에도 얼지 않네 조금은 더 살고 싶어지네

김도우 2020년 『애지』 등단, 이메일 okmyung@hanmail.net

목장 카페 외 1편

김 명 이

입장객을 태우고 달리는 말
못 들어가 안달난 줄 줄 줄
달리는 말에 올라타는 건
낙마의 쓴맛을 본 자만이 알 수 있다고
산입에 거미줄 치는 건 돌무덤 속 말이 아닌

제 자리에서 고개 들지 않고 풀만 뜯어먹는 양
뜨거운 커피에 덴 목젖을 달래고 식혀 넘기도록
한 발짝도 꿈쩍없이
명성과 영혼을 바꾸지 않는 학자
진실과 대면하는 고흐의 자화상이다

관객 하나 둘 자리에서 일어나
칸막이 유리 앞에 다가가 행위 예술가가 된다

저것 좀 봐
한 시간 넘게 기다린 양
그제야 별난 구경 다했다는 듯
한 번 고개 쳐들고
한 번 좌우 고개 움직이고
다시 풀을 뜯는다

\>

저 고집으로 유명을 타고 유명을 달리하기도 했다

비가 뿌려져도 묵묵히 할 일 나르는 사람들
목장 카페 치즈는 어떤 맛일까
말 달리자 먼저일까

Nella Fantasia
― 언제나 자유로운 영혼들에 대한 꿈을 꿈니다
날아다니는 구름들과 같이*

창밖은 멀리 계족산행 길이 보일 듯 투명하고 창문을 활짝 열어도 면셔츠 한 겹으로 지낼 수 있을 만큼 포근해 보였다. 십이월의 태양이 한 눈 팔고 싶었나 보다. 간간 흰 돌고래가 튀어나와 버블링 묘기도 한다.

미지근한 바닥에 앉아 돋보기안경을 쓰고 시 몇 편, 소설 몇 쪽 읽는 것이 노동처럼 느껴질 때, 귀를 세우고 찾아 듣는 선율과 음색들, 성악가와 가수의 성대는 각기 다른 음역대를 가진 신의 악기가 되어 음악을 들려준다.

Nella Fantasia~ 사라 브라이트만 조수미 신영옥 김호중 소향 박기영 열풍트롯 신인가수 뜻밖의 유튜브를 반복 재생했다. 노래는 도시가 내게 안겨주는 것이 없어도 나의 침대를 경멸해도 환상의 날개를 펼쳐 비행하게 했다. 그러나 오늘은 차오른 숨이 쉬 꺼지지 않아 늑골을 압박하곤 한다.

그날 내 어깨를 지나 슬픈 오르골을 듣고 뒤돌아선 네 표정은 탕자의 후회처럼 비추었다. 미련이 남은 것은 발작처럼 일어난다. 가수들이 혼신으로 음을 켜서 울리고 뿜어낼 때마다 발현된 통증에 주먹 쥐며 풀기까지 낮고 높게 가볍고 두껍게 회오리쳤다. 습지를 파던 백로 한 마리 물기를 털며 부리를 내밀 듯 고개를 들었다.

>

그 사이 뿌리들 얼지 말라고 덮어 놓은 자국눈, 바람이 땅을 흔들어 마찰했는지 나무의 팔에 땀이 나고 있다. 네가 불어준 입김일까 곧 영혼도 꿈도 머물러야 할 저녁이 오고, 기도할 시간이 가까워진다고 되뇌었다.

* 영화「미션」의 주제곡 가사.

김명이 전북 오수 출생. 2010년 『호서문학』으로 작품 활동을 시작. 시집 『엄마가 아팠다 』, 『모자의 그늘』, 『사랑에 대하여는 쓰지 않겠다』. '한남문인 젊은 작가상', '세종나눔도서 선정(『모자의 그늘』)', '대전문화재단 창작지원금' 수혜.

빈집 외 1편

김 선 옥

다 떠나고 없는 친정집을 찾았다

마당에 들어서자 할아버지 헛기침 소리
담뱃대 두드리는 소리가 사랑방에서 새어 나온다
주인 없이도 무성하게 자라
빈집을 지키던 풀들이 다가와 발목에 착착 감긴다
소리 없는 닭들이 두엄을 파고
뽀얗게 먼지 쌓인 툇마루에서
엄마는 안반에 국수를 민다
온기 없는 아궁이에선
국수 꼬랑지 부푸는 냄새가 난다

부스럼을 한 입 물고 삐걱거리는
마당 가, 녹슨 펌프에서
어린 손자의 끼~잉 소리가 똑똑 떨어진다
금 간 장독대 사이에 붉은 봉숭아꽃이
입술을 겹겹이 열고 활짝 웃는다
큰언니 나이를 따라 같이 자라온 미루나무에선
여전히 부엉이 소리가 앉았다 간다

저녁놀 붉게 물든 마당에
아버지 손때 묻은 사립문이

삐거덕거리고 바람에 서서히 닫힌다

모두가 없어도 움직임 가득한 집

슬픔이 익어가는 밤

가을 깊은 밤은
귀뚜라미 울음소리로 출렁이는 바다 같다

풍랑에 잡혀간 아버지를 기다리며
목놓아 울던 외가 사촌들처럼
귓전이 일렁이도록
우는 귀뚜라미들

이런 울음이 낮일 때보다
밤이 더 슬프다는 걸 저들은 안다

저 지독한 울음소리에
어둠의 절벽은 더 높아지고
묵지 같은 밤을 또 한 장 포개 얹은
벼랑도 아찔한,

하나둘
국화꽃 목이 꺾인다

어둠 깊이 새기는 저들의 울음
살아 있음에 슬픔이 뼛속까지 달콤한,

김선옥 경북 문경 출생, 2019년 『애지』로 등단. 시집 『바람 인형』, 이메일
kso6789@hanmail.net

공명 외 1편

김 소 형

건드리지도 않았는데 빈 병이 혼자 운다
잘록한 허리로 책상 끄트머리에 서서
지잉지잉
무엇이 들어가 너를 울게 할까 생각한다

나는 아무 말도 하지 않았다
다만 시간이 흘렀고 꽃이 시들었고
너는 전화를 끊었고 문이 닫혔다
우리는 서로 다른 주파수로 울었을 뿐이다

닿지 않는 소리들이 문밖에서 살다가 쓸쓸히 죽기도 하고
먼 데 있는 것이 푸르르 날아와 몸을 울게도 하는데

키 작은 소리들이
애써 닿으려 주파수를 높이고 있다
달의 뒷모습도 모르면서 계수나무가 있다고만 믿어
밤마다 물을 준 사람처럼

종이 뎅뎅 울린다
비어야 울 수도 있다지
아무도 듣지 못한 소리가
내 몸속에서 한 세상을 살다 간다

서수필 鼠鬚筆

나는 어둠속을 두리번거리던 눈
무엇과도 눈 피하지 않지 나는 보네, 또릿또릿 새까만 눈
가장 낮은 시궁창, 가장 높은 천창에도 뛰어올라
땅 위 모든 냄새를 흠향하네, 자 여기 냄새를 진상하시라

소리는 또 어떤가. 쫑긋거리는 내 귀를 옮겨왔네
그 남자 얼굴 굳어가는 소리 그 여자 마음 부서지는 소리
물이 흐르다가 멈추는 소리 지구가 구르다가 멈추는 소리
다 들리지, 그것들 저기 있네

나는 와락 덤볐다가 썩 물렀기도 하고
솜털처럼 부드러웠다가 천둥처럼 울기도 하네
내 발이 얼마나 오묘한지 볼 텐가
나는 멈추면서 동시에 지나가지

순백의 길에 가장 날렵한 발자욱을 찍네
내 길은 사방의 막막함, 칼끝으로 한 발 디뎠다가
몸을 굴려 내달렸다가 나는 춤을 추네
솟구치는 날개 파르르 떨리는 깃털의 자유
고양이 앞의 쥐, 눈을 가리는 캄캄함

아무려나 나는 달려가네

내 눈을 마주보게, 거칠 것이 없네
허공에 찔려 눈이 멀어버리기도 하리
아무려나 나는 살아있네
펄쩍 뛰고 주저앉고 구르면서도
백지 위에 생생히 살아있네

김소형 2021년 『애지』로 등단. 이메일 yysoa@hanmail.net

끈목 외 1편

김 외 숙

여자는 끈목을 잡고 잠드는 오래된 습관이 있어요
아마 꿈속에서 만들고 싶은 것을 완성해 놓지 않을까요
손가락 위에 올라갈 매듭의 서열은
항상 정해져 있어요
기분이 좋은 날은 한 번에 매화꽃을 피우지만
허공에 걸리는 날도 있겠지요
엄지와 검지 사이 권총자세로 끈목을 걸어요
순식간에 발사된 총알처럼 지나가요
어지러운 회전과 직진 한 방에 끝나야 해요
햇살이 눈부시네요
사건이 있던 날
여자는 집을 나가서 돌아오지 않았어요
슬픈 일은 계속 되었어요
배추밭에 배추흰나비가 보여요
여자는 유년의 기억을 따라 끈목을 엮어갔어요
웃음소리가 뛰어다녀요
발아하는 꽃몽우리
꽃잎 같은 기억의 무늬는 잘 엮이지 않아요
슬픔은 무뎌지는 것이 아니라 무디게 하려는 손끝에 있
어요
그때가 되면 홍매화가 활짝 피겠죠

압화

책을 펼친다

풋내는 기억을 따라간다

구르는 것만 봐도
웃음 터지던 열다섯 살
효선이 미순이
꽃잎 같은 소녀들
책장 속에 납작 짓눌려져 있다

여린 꽃잎은 힘이 없었다

납작해진 웃음소리들
까르르 새어 나온다

숨을 불어넣자
꽃잎이 바스라진다

천천히 책을 덮는다

김외숙 2021년 『애지』로 등단, 이메일 kos2080k@naver.com

(화)접도 외 1편

김 정 원

봄이 왔으니
나비 그림 한 점 보냅니다
꽃은 그리지 않았습니다

나비가 지금 내려앉는
빈 곳이 꽃의 자리입니다
그 자리에 당신이
남국에서 온 여왕처럼 들어서야
비로소 그림이 완성됩니다

화창한 뜨락에서 당신과 함께
완성된 그림을 볼 수 없어서
봄이 서러울 따름입니다

사랑의 모습

그는 화상을 입어도 자꾸 불을 만진다

불에 홀린 부나비가 따닥따닥 불타면서도 불길을 축복하며
온몸을 태우려면 산더미만 한 장작도 터무니없이 모자
란 듯
봄 여름 가을 겨울 밤낮없이 그는 영혼까지 던진다 그때
영혼은 차라리 콩알이 잠든 콩깍지 속같이 아늑하다

불꽃에서 물러나면 빛나게 타오르는 어둠

캄캄한 공간과 기나긴 시간은 목마른 갈망을 이기지 못
하고
눈이 멀어지면 마음이 밝아져서
그는 체념한 적 없고 실족한 적 없다

슬픔도 아닌 슬픔이 달까지 솟구치다 금세 차가워질 눈
물이라면
꽃잎에 떨구지 않으리라, 다짐도 헛되다

길지 않고 뜨겁기만 한 것은 무모함
뜨겁지 않고 길기만 한 것은 진부함

>
아픔을 호흡하면서 가슴 뛰게 하는 신선한 새벽이

그를 불 앞에 소환하는

늘 곁에 없는 듯 언제나 함께 있는

공기 같은 꼴이다

김정원 전남 담양 출생. 2006년 『애지』에 시, 2016년 『어린이문학』에 동시로 등
단. 시집 『아득한 집』 외 다수, 동시집 『꽃길』이 있음. 수주문학상 등 수상.

산책 외 1편

김 정 웅

그날도 무작정 걷는 날이었다

길이 아닌 것처럼 무심하게 놓여 있는 길이 미처
펼치지 못한 안부처럼 남몰래
굽어 있었다

직선으로만 전진했다

이상하게도 곡선구간을 통과했고
이미 방향 감각을 잃었다고 우리는

생각만 했다

속속들이 보이는 정면은 항상
보이지 않는 후면보다 걱정이 많아서 미리
눈을 감았다

누가 먼저랄 것 없이
입을 다물었고

그 순간이 언제였는지
기억이 나지 않고

>

직선으로만 생각했다

아무도 뒤를 돌아보지 않았다

지나온 길이
조용히 어려워지고 있었다

북극 항로

깨뜨려야 해
가려는 마음조차도

배가 다닐 곳은 못돼
빙하는 단단한 벽

방위를 잃고 떠다니는 마음들이 모인
얼음 기둥들로 가득한 바다를
건너가고 싶어

빠른 길 수에즈 운하를 두고
쇄빙선을 찾다가

결국엔
늦는데도
더 늦을 텐데도

바다를 깨뜨려

나아가야 하니까
배가 달려야 하니까

\>

개척한다는 것은
결국은
누구에게는 등을 보여야 하는 일

등을 돌리는 일보다
등을 보는 일이 힘들었던 기억

번져 가는 뜨거운 상념이
빙하 속에 차갑게 갇히는 시간

나침반이 N극을 잃은 낯선 북극에서
S극만이 서성거리는 우리의 좌표는 해빙되고

김정웅 2019년 『애지』 등단. 여수 스마일치과 원장. 이메일 dentblind07@
hanmail.net

2부

김재언, 김평엽, 김형식, 김행석

남상진, 박 영, 박설하, 박은주

박정란, 사공경현, 손경선

사람을 한다 외 1편

김 재 언

목백일홍을 옮겨 심었다
사람하느라 앓는 몇날며칠
흐려진 꽃물로 버티고 있다
옹이 박힌 허리로
떠나보냈을 봄, 여름
다시 여름
고쳐 앉아도
뽑혀온 늘그막은 자꾸 틀어진다

땅심으로 견디는 잔뿌리는
노구가 디뎌온 안짱다리
병상으로 옮긴 종아리에 심줄이 불거져 있다

사람을 한다는 건
들숨을 순하게 내뱉는 일
숨질 몰아쉬는 나무는
한 줄 나이테를 늘일 수 있을까

배롱가지에게 텃새가 일러주고 있다
자죽자죽 모둠발 내디디면
짓무른 수피에 새살 돋을 거라고

낙화

내내 어미가 운다

젖 먹이 송아지 팔려간 뒤
꽃목걸이 사이로
퉁퉁, 분 젖이 스며든다

떫디떫다
방금 떨어진 아기꽃
떼 낸다는 건
불은 젖이 길을 잃는다는 것

배꼽 뗀 감 대신
씨암탉이 홰를 친다
동네 감꽃 다 떨어진다고

눈물은 떨어지는 게 아니라 지는 것
젖 뗀 꽃잎 지면
둔덕처럼 소젖이 분다

첫새벽이 눈물꽃을 빼먹는다
암탉 울음도
굽이굽이 되새김질한다

김재언 2021년 『애지』로 등단. 현) 밀양문인협회 회장. 이메일 jum1958@
hanmail.net

에스프레소와 아다지오 외 1편

김 평 엽

마른 햇살은 바람에 소리 없이 날리지
굳어버린 식탁의 사과는
캔버스에서 상한 손을 내밀고
우체국을 떠난 그리움이 빠른 속도로 증발하지
마지막 현 하나로 캄파넬라를 끝낸
백양나무, 알아듣지 못할 표정의 낙엽들
소녀는 귀고리를 빼고 문을 잠그지
바람의 방향도 시들어
우주로 나간 신호는 돌아오지 않지
수척한 늑대가 상처를 꿰매는 동안
난기류에 흔들리는 비행기
그래 너는 한때 초록이었지
눈썹에 내려앉은 눈꽃이었고 부서지는 별이었어
다라니경처럼 떠돌아다녔으니 알 거야
문을 열면 부드러운 어둠 저편
이별도 별거 아니란 것을
흩어진 것 주섬주섬 가방을 챙겼지
낡은 게 이다지 무거울 줄이야

기억의 벽화

소문에 대한 변명부터 삭제하겠다,
나머지는 레몬향 우표를 붙여 우체통에 넣으련다
차가운 바람에 꽃은 저마다의 구실로 흔들린다
그리움은 어쩌면 물리학의 카테고리
첫 궤도를 벗어나지 못한다
문 닫으면 혹한이 시작되고
술을 마시면 우수수 별이 떨어진다
밑바닥을 씻으며 올라오는 질그릇의 파도
밤새 울어야 새벽에 떠날 수 있다
못 한 개 박고 약 한 사발 마시고
갈매기에겐 어둠 자체가 감옥이다
추억을 찌르고 나온 상처가 우주와 만나는 첫 순간
셔터는 기억을 현상한다
어린 시절에 묶어둔 염소는
뿔을 들이대던 그 자세로 허물어진다
목에 걸린 감꽃도
쌍꺼풀만 깊어진 가로수 사이
회복할 수 없어 낡은 태엽을 감는다
살아남은 자는 간간 그리움과 죽음을 혼동한다

김평엽 2003년 『애지』 등단. 임화문학상(2007), 교원문학상 수상(2009). 시집
『미루나무 꼭대기에 조각구름 걸려있네』, 『노을 속에 집을 짓다』 외. 이메일
kimpy9@hanmail.net

애호박 외 1편

인묵 김형식

어제 밤
은하에서
견우와 직녀가 만났다더니

지구별에 놀러 왔다가

풀숲에 애 하나 낳고 갔네

탯줄이 그대로 있어

반도체

꽃은 노래
시詩는 목탁이다

반도체半導體, semiconductor는
도체와 부도체 중간 성질의 물질

요 녀석이
열, 빛, 자장, 전압, 전류를 만나면 꽃이 피고 시가 된다

반도체는
인간이 만든 최고의 예술품
인공지능 시대의 꽃이요 시다

요 녀석이 있어
아름답고 넉넉한 세상
오늘도 목탁소리 산사山寺를 깨운다

김형식 한국문인협회 제도개선위원, 국제펜클럽 회원, 매헌윤봉길사업회 지도위
원, 고흥문학회 초대회장, 불교아동문학회 부회장, 시서울 자문위원장 및
선정위원장, 보리피리 편집주간, 한강문학 편집위원, 대지문학 심사위원.
한국 청소년 문학대상, (사)한국 창작문학 본상, 시서울 제2회 문학대상.
시집『그림자, 하늘을 품다』,『오계의 대화』,『광화문 솟대』,『글,그 씨앗의
노래』,『인두금의 소리』,『성탄절에 108배』

아카시아꽃 외 1편

김 행 석

타박타박 여덟 살
허기진 하굣길
하늘은 왜 그리도 푸르렀던지

꿈인 듯, 사방 지천인
하얀 쌀 튀밥 따 먹으며 걸었네
한 주먹 먹고 열 발짝
반 주먹 또 먹고 다섯 발짝

여태 반도 못 왔는데
헛배만 부르던 고갯길

산모롱이 돌아서니
머언 뻐꾸기 울음 끝자락 붙들고 달려오던
엄마 목소리

어?
배가 안 고프네

닮았다

막 차린 밥상에
파리 한 마리
먼저 식사를 하고 있다

배가 너무 고파 잠시 이성을 잃었다던 그
머리를 조아리고 긁적거리더니
나를 보고 두 손 모아 빈다
한 번만 봐달라고

TV에서
유명 정치인의
철가면이 벗겨지고 있다

어려웠던 과거를 딛고 일어났다던 그
머리를 조아리고 긁적거리더니
내 두 손을 꼭 잡고
한 번만 도와달라던 그

김행석 충남 공주 출생. 2021년 『애지』로 등단. 2018년 방송대문학상. 이메일
hanbada51@daum.net

평형수 외 1편

남 상 진

한쪽을 막고 물을 붓는다

물이 닿으면 부풀어 오르는 모서리

깊어지기 전에 체위를 바꾼다

젖을수록

낱장의 혀들이 포개어지고

두께로 중심을 가늠하는 세력들

한 장 한 장 넘길수록 깊어지는 행간의 심도

흐르는 것들은 모두 아래쪽을 향하는 법

스스로 흘러 완성되는 수평

거슬러 오르면 중심에 닿지 못하고

내려서서 얻는 온전한 평화

>
가끔

바닥을 들여다보면

균형을 잃은 생들이

기울어진 땅에

아직도
물을 붓는,

시끄러운 책

읽히지 않는 시집을 읽는다
닮지 않은 얼굴을 들고
표지 쪽으로 뛰어가는 제목들

부욱,
누가
나를 찢는다

벌떡,
바깥이 일어선다
묶인 줄 알았던 벽들이
울타리를 너머로 쏟아진다

아무리 읽어도
목적지에 닿을 수 없는 행간에는
개들이 오래 짖었고
두려움을 감추느라 말이 많아진 날에도
가속도가 붙고 거짓말은 자꾸만 두꺼워졌다

출발점이 기억나지 않는다
어둠 지나 다시 또 어둠,

\>
죽은지 오래된 입들이 살아나서
부풀어 오른 문장들을 토해내면
목적지를 잃어버린 책에는
비명도 없이 붉은 혀들이 줄지어 피었다

버린 지 오래된 귀들은
이제
아무 말도 담아 오지 못했다

남상진 2014년 애지등단. 시집『현관문은 블랙홀이다』,『철의 시대 이야기』. 이메일 depag@naver.com

멸치 외 1편

박　영

냄비에 육수를 끓이려 멸치를 넣는다
멸치들은 포기한 듯 순종하는 표정으로 입을 다물고 있다
하얀 눈알의 백내장 멸치만
입을 얼굴만큼 벌리고 날카로운 이빨을 드러내고 있다

은빛 날개 휘날리며 하늘로 오른다는 시인의 넋두리에 속
았지
어망에 발 담그고 꿈도 꾸기 전
멸치털이에 놀라 날아오르다 꼬꾸라지고

눈알 빠진 멸치는 눈인사 못하고 지나친 멸치
목 댕강 내장 쏙 뺀 멸치는 친근한 멸치
눈알 흰 멸치는 기가 센 멸치

피 말리듯 온몸 물기 말리며
염원은 염장으로
햇빛도 소금도 멸치의 길

고등어 횟집 서비스로 나온 멸치회무침은 잊어
다음 생은 멸치회 전문점에서 만나는 걸로

잡놈들 다 모아놓은

한봉지 싸게 값을 치렀지만
근본 없는 멸치라고 하지 않을 게

기장멸치 외포항멸치 여수멸치 통영은 죽방멸치
맛있다잖아 봄멸치

그래요 그래요
눈알 내리깔게요
백내장 수술로 세상이 달라 보이면
악을 쓰던 입은 다물어질까요

목소리

도서관 컴퓨터 앞 어떤 이가 인쇄할 자리에서 검색을 하
고 있다

인쇄가 필요해서요 검색은 저쪽 자리로 가실래요

서둘 필요까지는 없는데 당황하며 자리를 뜬다
내 목소리가 말투가 그녀를 서둘게 한 것이다

다른 이의 음보다 한 옥타브 높게 가늘게 떨리는 듯
내 목소리는 낯선 이와의 대화에서는 조심해야 하는데

목소리에 상처받았을 사람의 뒷모습에
미안한 마음을 시선으로 전하는데
저기요 죄송한데 혹시 파일이 열려있는지 확인해 봐도 될
까요
먼저 인쇄를 끝낸 사람이
열어두었던 파일이 제대로 닫혔는지 걱정이 되어 묻는다

그 목소리는 부드럽다 나지막하다 다소곳하다

모르는 사람의 목소리에서 위안을 얻는다

>
나 또한 내 목소리에 도망치고 있었다는 걸 알게 된다
누군가의 목소리에 등 돌리고 급하게 발걸음을 재촉하고
있었다는 것도

파일은 제가 확실히 닫아드릴게요
위안을 얻은 마음에서 나오는 내 목소리는 다른 것이었다

웃으며 고맙다고 돌아서는 사람

나도 누군가에게 신임을 주었구나
내 목소리가 잠시 구실을 잘 하였구나

박영 2006년 『애지』 가을호 등단. 시집 『독백은 일요일처럼』. 이메일 balobogi8@
hanmail.net

화요일의 목록 외 1편

박 설 하

눈이 내릴 것 같다
이웃의 목록에 비닐하우스를 저장한다
택배가 오지 않는 날이다
불현듯 먹고 싶은 짬뽕은 읍내에 있다
나와 읍내 사이에는
배달 불가의 방어벽이 있다

바람과 종종거리며 당도한 읍내 장터
중국집 문은 닫혀 있다
눈을 찌르는 앞머리가
낭패를 펄럭이는 화요일
미용실마저 쉬어가는 날이다
불 꺼진 싸인볼 아래
길고양이가 뭉쳐진 눈발을 고르고 있다

그러니까 아버지와 엄마가
별거 아닌 일로 다투기 좋은 날이다
치매방지책이라고 동생이 일러준다
꾹꾹 눌러 쓴 트집들이
믿어버린 줄거리를 지어내고 있다
친애하는 당신과 나
엄마와 다정했던 아버지가

\>

비밀처럼 눈이 날린다

빗자루와 삽 너머로

택배 안부가 궁금해진다

누가 나에게 요일을 물었나

화요일에 걸린 시계가

여섯 시 칠십오 분을 가리키고 있다

겹무늬 블라인드

블라인드에는 빗살무늬 구름이 있습니다 투명한 채색이 흘러내립니다 뜯지 않은 택배가 방의 무게를 늘려갑니다 불면을 펄펄 끓인 냄비가 저녁상에 오릅니다 카드명세서가 숨을 골라 쉽니다 창틀에 꽂히는 빗소리가 웹소설 한 페이지를 넘깁니다 전지적 시점으로 전환되는 신용카드는 어둑해진 가방 속에서 침묵합니다 설거지가 요란해지는 내역에 잔소리가 추가됩니다 동시에 쥐게 된 동시다발적 현상입니다 고지서를 좌우로 흔드는 금목서 향이 노랗게 번지고 있습니다 별일 없나요 어떤 시간을 지나는 것입니까 먼 새벽이 월요일을 데려다 줍니다 겹무늬로 걸터앉은 블라인드 너머, 뜯지 않은 변명이 소리 없는 발자국을 남깁니다

박설하 2022년 『애지』 등단. 이메일 paae11@daum.net

혀의 자각몽 외 1편

박 은 주

잠결에 나를 깨물었다
맛이 쓴 것이 단서 같았지만 돌아보지 않았다

*

몸을 뒤집으면 악몽이 끓어오른다
뿌리 끝마다 박힌 바늘
얕은 잠 속으로 스며드는 누군가의 기억
그들이 쓰다 버린 생각을 조립해 내가 되었다

이승과 저승 사이
숨과 숨이 부딪친다
수많은 도피와 암투가 이어져도 끝은 모호하다
가파른 어둠에 길들어 무성해지는 혼잣말
잠보다 깊이 가라앉는 살과 피

바람을 읽는다 해도 바뀌는 것이 아니라서
어디를 바라든지 가질 수 없는 것

*

쓰고 축축한 소리에 놀라 깨면

오늘이 아니다
무덤 같은 입속을 빙빙 돌며
눈뜬 잠이 끝나지 않는다

밀실의 품격

불이 꺼질 때마다 살인이 일어나는 방

머리카락 한 올로 증거를 흘리며

달력 속 납골함으로 숨을 밀어 넣는 방

매일 나를 죽이고 죽은 나에게 묵념 정도 예의를 갖추는 방

뜯어진 눈들이 쓰다 만 진술을 훔쳐보며 낄낄대는 방

천사는 떠나고 의자만 남아 완전한 포로를 키우는

불이 켜질 때마다 다시 죽을 내가 깨어나는 방

박은주 2016 『애지』 여름호로 등단. 시집 『방아쇠를 당기는 아침』. 대전문화재단
창작지원금 수혜. 2018 세종나눔 우수도서 선정. 한남대학교 사회문화대
학원 문예창작학과 졸업. 이메일 ending_2001@naver.com

왜 너까지 그래 외 1편

박 정 란

−너도 칠십 돼봐라−
언니가 하는 말 예사로 들었더니
그 나이 막 들어서니
여기저기 삐그덕거린다

−더 늦기 전 인공관절을 넣어야 합니다−
의사 선생님 말 한마디로
수술도 하기 전
중환자가 되어갔다

병원 갈 마음
추스르고 있는데
창가의 앤슈리엄 꽃잎에 생기가 없다

저런, 너도 다리에 검버섯이 생겼구나
내게 온 지 여러 해
나이는 못 속이나 보다

울컥
왜 너까지 따라 그러냐
중얼거린다

망종화

새벽에 길 떠나
남대문시장 거쳐 동대문시장까지
누비는데
하늘이 노랗도록 배가 뒤틀렸다

단골 상가 골목 귀퉁이
커다란 보따리 옆에 쭈그리고 앉아
앓다가

검은 피 왈칵 쏟았다
한 생명이 쏟아지는 걸
뒤늦게야 알았다

큰아이 낳고
멋모르고 시작한 테니스샵
새벽부터 밤까지 긴장되는 삶이 고달파
또 찾아온 아기를
몰랐다

물을 준다
묵은 둥치에서 다시 살아나 꽃 피워 준
노오란 물레나물꽃

>
지켜주지 못한 나의 하늘 아기
머문다 자꾸만
오래오래

박정란 2022 『애지』 신인문학상으로 등단. 2007 『수필시대』 신인상, 2022 충남문학작품상 등 수상. 저서 『짧은시간 긴 여행』 외 1권. 한국문인협회 공주지부장. 금강여성문학회장 역임. 이메일 rans5252@hanmail.net

사색의 방식 외 1편

사 공 경 현

　모든 동물 중에서 뒤를 보고 나서 거시기를 닦는 건 호모 사피엔스 사피엔스가 유일하지 가장 근접한 원숭이도 못하는 이 고매한 행위에는 몸에 밴 호혜주의가 숨어 있지 가로 동물과 다른 직립보행의 대가인 듯

　아침마다 윗분은 양치질하고 깔끔을 떠는데 방치된 아랫것도 동등하게 예우했지 인도적이기보다는 정치적 필요였지만, 여기에는 신의 은혜로운 계산도 깔려 있지 그 민망하고 자만심 상하는 행위를 통하여 세상없이 고상한 척 기고만장한 인간성에 대해 하루 한 번 뒷문을 여미도록 기회를 준 것이지 구리고 역겨워 자괴감을 느끼도록

　더러 오만할 적엔 더 설사라는 장치로써 더 오래 사색할 기회를 주기도 하지 나아가 변비와 치질이라는 도구로써 뒤가 당기거나 지저분해질 때가 있다 혹여 지금 너무 잘 나가고 있는지 새삼 뒤를 돌아볼 일이다

마지막 행에는

산다는 것은
성에 낀 교실 유리창에
손가락으로 부호 하나 찍는 것

수업 시작 종소리 울릴 때
물음표 하나 찍고

점심시간에 쉼표
보충수업 마칠 때쯤 느낌표 하나

학교 파할 때 마침내
마침표 하나 찍고 마는

집으로 돌아간 뒤에
나머지 공부하는 친구가 대신 찍어주는
말없음표 하나

사공경현 경북 군위 출생. 2022년 『애지』로 등단. 이메일 v4040@hanmail.net

감의 노래 외 1편

손 경 선

작은 스피커를 닮은 감꽃에서는
내 유년의 노래가 흐른다
감꽃 목걸이 하나면
세상 부러울 것 없었다고.

이파리 사이로 수줍게 매달린 풋감에는
청춘의 노래가 깃들고
감이 자라면서 주체하지 못할 꿈도 커져만 갔다

사나운 바람에 땡감으로 떨어지기도 하지만
적당히 흔들리고 상처를 감싸면서
허기와 한기, 침묵 속에서
제 색깔로 익어가는 감

어느새 영감이라 불려도 손색없는 나이

끝이 좋으면 다 좋다고
세상의 단단함과 떫은맛을 버리고
홍시가 될는지
호랑이도 물리치는 곶감이 되려는지

달콤하지만 삼켜지지 않는
깊숙이 박힌 감 씨
목에 걸린다

말을 걸다

매일매일 말을 건다
아직 대답은 듣지 못하였지만

높은 자리에, 높이 오르려는 발길에
앞으로만 걷는 발걸음에
햇살 가득 찬 것들에게
남이 잘 모르는 지름길과 비밀스런 장소에
손맛과 죽을 맛 사이의 물고기에
활짝 핀 꽃들에게

내게 말을 걸어오는 것들도 있다
아직 대답을 하지 못하였지만

비어 있는 것과 흔들리는 것
이미 시든 꽃이나 낙엽
빛을 잃어가는 것들
낮은 곳에 자리한 것들
뒷걸음질로 제자리를 찾는
성근 별 뿐이었네

손경선   제14회 웅진문학상. 『시와 정신』으로 등단. 충남 문화재단 창작 지원금 수
혜. 공주 문화재단 올해의 문학인 선정. 시집 『외마디 경전』, 『해거름의 세
상은 둥글다』, 『꽃밭 말씀』, 『당신만 몰랐다』

3부

신혜진, 유계자, 유안나, 이국형

이미순, 이병연, 이선희, 이원형

임덕기, 이희은, 정가을

어떤 미투 외 1편

신 혜 진

그녀는 내 여고시절의 짝꿍, 그때 벌써 유머를 알아 주변에 친구들이 들끓었었지 교문 앞 미루나무처럼 미끈한 다리에 손도 발도 컸었지 엄마 닮았다는 입담은 그야말로 칠성사이다

하교 후 우리는 서호 문구점에 모여 참새 떼처럼 재재거렸지 삼립빵을 먹고 해태브라보콘을 먹고 정류장 긴 줄에 매달려 버스를 기다렸었지

6교시 쇳덩이 같은 책가방을 앞세우고 간신히 만원 버스 한쪽에 설 자리를 잡았지 흔들리는 세상 속에서 넘어지지 않으려면 발끝까지 힘을 주고 버텨야한다는 걸 온몸으로 익혔지

이 손 보소!
에잇 씨발, 이 손 안 놔?

시루 속 콩나물처럼 서서 두피까지 비늘이 돋던 그때, 몇 사람 건너에서 그녀 외침소리가 들려왔었지, 동시에 보았었지, 사람들 사이로 그녀 손에 붙들린 손 하나가 번쩍 쳐들리고 있는 것을, 얼굴 벌게진 남자가 힘을 다해 그녀를 밀치는 것을, 출구를 향해 시커먼 쥐새끼 하나 빠져나가는 것을,

\>

그녀는 예뻐서 그때 이미 알고 있었던 걸까
부당하면 소리쳐야 한다는 걸,
만원 버스 같은 세상을 향해 손 번쩍 쳐늘어야 한다는 걸

이것 보라고!
이건 아니라고!

모건뷰티

창문 때리는 봄 소나기 소리가 소란하다
며칠 전 내놓은
창밖 다육식물들에게로 달려나간다
다급한 손길에 툭,
이제 막 봄볕 눈뜬 모건뷰티 목대가 노랗게 꺾인다
허공이 부러진다
11층이 쿵쿵 굴러내리기 시작한다
소스라치던 내가 부러진 꽃망울을 따라 곤두박질친다

까무르치는 허공을
굴러내리는 나를
창가에 선 내 눈이 멀뚱 내려다보며 서있다

1층 화단
겨우내 어깨 한쪽이 주저앉은 목련나무가
다시 무성해질 잎을 기다리는지
목을 빼어 올려다보고 있다

모두가 혼자인 봄날이었다

신혜진 2020 『애지』 등단. 중앙대학교 예술대학원 문예창작전문가과정 수료. 이메일 ease1106@hanmail.net

눈사람 에덴 외 1편

유 계 자

당분간 흰 세상
한 주먹 눈을 뭉쳐 돌돌 굴린다
순식간에 불어난 눈덩이
굴려놓은 두 개의 세상을 이어주고

빛나는 것만 보라고 단풍잎으로 눈을 붙여주고
나뭇가지로 한껏 콧대를 높였다
이왕 웃으며 살라고 웃음도 챙겨주고
사과를 싸던 분홍보자기로 옷을 입혔다
보기에도 좋아 아침저녁 안색을 살폈다

가끔 참새가 다녀가고
늙은 살구나무가 그늘을 늘여 어깨를 두드려도
못 들은 척

햇살 한번 뜨겁게 지나가자
우지끈 옆구리가 기울어지고 귀에 걸린 웃음도 지워진다
마지막 남은 콧대가 발등을 찍고

너는 물이니 물로 돌아가라
몸이 빠져나간 바닥이 흥건하다

>
널브러진 분홍보자기
탁탁 털어 빨랫줄에 올려놓자
만장처럼 펄럭인다

등 뒤에서 누군가 물끄러미 나를 바라본다

평행선

흙담을 붙잡고 능소화가
마디마디 벌겋게 온도를 올리면 목이 마르다

우리는 별말 없이 식당 문을 밀고 마주 앉아
그는 습관대로 살얼음이 뜬 물냉면을
나는 멀건 국물 대신 화사한 고명의 비빔냉면을 시켰다

가끔 탈이 나기도 하지만
화끈하고 얼얼한 생의 고명을 포기하지 못했다

겹쳐서는 안 되는 철로처럼 서로 다른 방식을 고수하면서
그는 좋아하는 술을 주문하고 나는 속으로 커피나 마시
지 한다

지리산에 가자 하고 서해바다를 다녀왔다 우리는
삼십 년이 지나도 한통속이 되지 않아서 바라는 것이 더
생겼다

품이 넓었으면 했는데
생각이 커서 들어가지 않았다
품을 넓히기에도 생각을 줄이기에도 무리여서
그냥 가까운 역으로 가서 철로를 보기로 했다

>
하오의 시간이 빠르게 지나가고
절묘하게 이루는 평행선이 더욱 안전했다

우리는 또 별말 없이 살얼음과 고명을 주문했다

유계자 2016년 『애지』 등단. 시집 『오래오래오래 』, 『목도리를 풀지 않아도 저무는 저녁』. 웅진문학상, 애지문학작품상 수상. 이메일 poem—y@hanmail.net.

장롱 속 포효 외 1편

유 안 나

장롱 속에는 남편의 기울어진 어깨가 걸려있다
장롱 속엔 출근을 기다리는 남편의 넥타이가
목을 길게 늘이고 기다린다

내가 문을 열었을 때 장롱 속에는 사자 그림자가
웅크리고 앉아있었다

초원으로 통하는 능선을 만들고 있었는지
발톱에 피멍이 맺혀있다

나는 다시 문을 닫고
눈부신 아침이 햇살을 튕귀는 것을 본다

검은 구름이 아침을 가져가고
남편의 우울함이 내 어깨에 기대는 느낌으로 낮 10시가
된다

장롱 속엔 사자의 발자국이 정지되어 있다
나는 밤마다 장롱 속에서
사자의 으르렁거리는 소리를 듣는다

그 속에서 남편의 슬픔이 포효하며 뛰쳐나와

세상을 휘저을까 나는 두렵다
고라니처럼

옷걸이에 잘 다려진 드레스 셔츠를 걸며
한낮의 거리를 본다
꼬리긴 햇빛이 고양이가 되어 나무 밑에 웅크리고 있다

내가 돌멩이를 집어 던지자
담벼락 밑으로 도망쳤다가는
다시 나무 밑으로 가 웅크리고 있다
바람이 고양이 목털을 마구 휘저으며 지나간다

장롱 속 포효가 고요하다
장롱 속에는 그의 출근길이 있고 출장길이 있고
끝이 없던 그의 계단이 있다

내가 날을 반듯하게 세운 바지를 걸려고 문을 열자
그림자는 넥타이를 고르고 있다

남편의 우울한 어깨를 다독이는 느낌으로 한낮이 간다

저 달이

여기는 지리산 골짜기
산나물은 많고 여관은 없다
전화는 되는 곳보다 안 되는 곳이 더 많지만
사랑하기는 좋은 곳

갈 데까지 간 올 데까지 온
남녀가 숨어들어
한 석 달 열흘 불꽃 피워도 좋을 곳

오토바이 경적보다 산새 소리 더 크고
도시의 야경보다 별빛이 더 휘황한 곳

어깨 넓은 바위와 무심히 눈 마주친다

저 바위 같은 사람 하나 알고 있다
슬픔의 무게로 굳어진

바람의 손을 빌린 저 참나무는
마음을 깎고 가는 여자의 뒷모습 어디까지
들춰 보았을까

산새 한 마리 취한 듯 빗금으로 날아가고

>
이제 외로운 것들은 모두 별 뜨는 곳 어디쯤에
제 그리운 이름 하나씩 걸어놓으리라

언제부터 서 있었나 저기 산마루의 달

저 달에 너와집 한 채 지어놓고
한 열흘 안겨있어 볼까
차마 떠나지 못한 이름 하나 불러 손 비비고 볼 비비고

유안나　경희사이버대학원 미디어문창과 졸업. 2012년 『애지』로 등단. 2014년 서
울문화재단 문학창작기금 수혜. 시집 『당신의 루우움』, 『내가 울어야 할 때
누가 대신 울어주는 건 더 아파요』. 이메일 annaryoo@naver.com

노래를 듣다가 외 1편

이 국 형

귀에 익은
노래를 듣다가

흥얼흥얼
몇 소절 따라가다 보면

노랫말이 더러는
빼내지 못한 가시 같아서

끝 소절까지
부르지 못하는 그 노래는

떼어낼 수 없는
헛웃음

매달고 가야하는
내 삶의 흔적

기일

초저녁부터
성글게 눈발이 날리자

날씨가 사납다고
누이가 공연스레 당신의 흉을 들춰냈다

터진 구름 사이로 잠깐
정월 초나흘 달이 나오자

울 엄마 눈썹을 닮았다며
아우는 말꼬리를 흐렸다

이태 전 일이 멀고 또 멀어
나는 물끄러미 사진만 들여다보았는데

형은 말없이
담배만 피워 물었다

각자 집으로 돌아가자
늦은 대답처럼 함박눈이 내렸다

이국형   2019년 『애지』로 등단. 이메일 leekheeee@daum.net

허기 외 1편

이 미 순

당신은 노란 빛깔입니다

어제 노랑을 묻었습니다
온몸을 돌아다니는 물기를 털었습니다

노랑이 하던 일에 애착이 가는 새벽
흘러도 물이 되지 못한 페이지에 서너 치수 큰 물신을 신고
한 발을 흔드는 사이 빠져듭니다

모 심은 논에 뻐꾸기 울음 한 움큼
손바닥에 올려 몇 번을 나누어 뿌립니다
다섯 기둥 갈피에 사는 새는 오장육부에 앉아
시집을 읽으며 늙어갈까요

남은 울음과 실려 가는 울음이 뒤섞여 북새통을 이루는
축사 정리하던 날
버티던 발목에 흐르던 피
밧줄에 밀리고 당겨질 때마다 깊어지던 발자국

운구차가 동구에 들어설 때
아비를 어매로 맨 처음 불러제끼던 네 울음처럼
내 눈도 쉽게 물 차고 빠지는 무논이 되었네

>
눈 깜빡였을 뿐인데 수많은 볍씨가 길을 내며 쓸려가고
어제 당신을 보내고
네모이거나 둥글거나 축축한 곡기를 물면
노란물이 들까요

중간

보름달에 풀의 실핏줄까지 보인

앞도 훤하고 뒤도 훤해 길의 중간을 끊임없이 달린

중간은 쉽게 끼여드는 틈이고 밀리지도 다가 설 수 없는 틈이고

돌아보면 중간이고 나아가도 중간인, 중간을 앞지르고 무작정 달리다 우뚝 서면

발가락, 발톱, 달맞이꽃은 달빛을 휘감더라 돈다는 달, 달, 무슨 달, 두 발가락을 닮은 노루발풀, 노루 발자국을 들으며 피어나는 달. 걸음걸음 비추는 달 지독한 어둠 속에 밝음, 무서운 밝음, 밝음이 지나쳐 어둠, 풀과 나무들의 적막을 스치며 달리는 밤

우뚝 멈춰서 돌아본다. 앞과 뒤가 없는 중간이다

달이 움직인다

이미순 부산 출생. 2022년 『애지』로 등단. 이메일 lmssun9898@hanmail.net.

사구 식물 외 1편

이 병 연

바람에 날려 쌓인 모래 언덕에
뿌리를 내리고 사는 식물

뼈대를 세우고
몸집을 불리고 싶어도
살아남기 위해
거센 바람이 부는 방향으로 몸을 뉘면서
세상 사는 일이 마음대로 되지 않는다는 것을
알아버린 사람처럼
몸을 낮추고 있는 듯 없는 듯
서로 어깨를 부여잡고
뿌리를 간절하게 내리며
휘어져도 질기게 일어서며

영원히 존재할 것 같은 모래 언덕에
집 짓고 아이 낳고
기를 쓰며
제 몸보다 몇 배 깊숙이 뿌리를 내리고
무리 지어 산다.

틀 속의 벌

창문에 날개를 부딪치며
솟구치다 곤두박질치길 수차례

붙박이 창문 밑에
작은 창이 아래쪽으로 비스듬히 열려 있는데

식구들 수발에 제 빛깔 아예 놓아버리고
안으로 걸어 잠근 문에 부딪혀 파드득
홀로 흐느끼는 여자

안팎의 경계에 함몰되어 나는 법 잊어버렸다

막힌 창문 아래의 턱 넘을 생각
아예 하지 못하고
탈진한 채 절망으로 온몸이 절레절레

사투를 벌이는 게 안쓰러워
사각의 창문 아래로 힘껏 밀어주었다.

이병연 공주 출생. 공주사대 국어교육과 졸업. 공주대 문학석사. 2016년 계간지 『시세계』로 등단. 2021 제16회 한국창작문학상 대상 수상. 시집 『꽃이 보이는 날』, 『적막은 새로운 길을 낸다』. 한국시인협회, 충남시인협회, 풀꽃시문학회, 애지문학회 회원 등. 이메일 yeon0915@hanmail.net

거울 속의 사막 외 1편

이 선 희

거울 속에 사막이 있다
모래바람을 온몸으로 맞으며 앞으로 가야 하는 얼굴이 있다
바람이 머물다 간 곳에 만들어지는 사구들
바람은 질서에 불성실했으므로
사막이 바람의 알을 사구로 키웠다

한없이 높기만 하던 계단 그 무수한 三자들
같이 흐르지 못해서 생긴 미간 사이의 川자는 깊이도 패
였다
혼자가 두려워 짓밟히면서라도 같이 하고자 하던 八자의
시간도 있었다
거울 속에서 낱낱이 드러나는 민얼굴
골谷 패인 넓디넓은 사막이다

군데군데 숨겨진 오아시스는
종종 신기루 같은 것이어서
그들의 기록은 믿지 않기로 한다
까마득히 빛나는 이들도 믿지 않기로 한다
허망한 모래의 기록이 깊이 판 박혔다

화장은 무성의한 바람의 행적을 덮는 일
오래된 골谷은 좀처럼 덮어지지 않고

살수록 곳곳이 함정인

부실한 사막엔 사구들이 늘어가고 있다

변형되는 중

굽은 허리에 체머리 떠는 노파
오랜 기간 많은 문제에 집중하느라 변형된 체형이겠다

너무 어려워 흘려버린 문제들은 강펀치로 돌아와
노파의 뒤통수를 쳤을 것이고
난해해서 밀쳐두었던 지문들은 꿈틀꿈틀 질겨져서
그의 허리를 감아 내렸을 것이다

풀어야 할 문제들이 쌓여간다
정답은 쉽게 나타나지 않고
높아진 난이도에 관계는 이리저리 꼬여간다
이 문제들이 다 풀리면 남은 생이 좀 수월할 것도 같은데

당신이라는 문제를 다시 읽기 시작한다
길고 헷갈리는 지문
긴 지문을 읽다가 그만 당신을 놓치고 만다
왜 이 어려운 문제를 읽기 시작했을까
갸우뚱갸우뚱 고개를 저으며

이선희 충남 공주출생. 2007년 『시와경계』로 등단. 시집 『우린 서로 난간이다』,
『소금의 밑바닥』, 『환생하는 꿈』. 이메일 shl9989@hanmail.net

담뱃불이 외 1편

이 원 형

사는게 총성없는 전쟁이더군
눈앞에 노리는 적이 많아
직진의 끝은 적진이네
전방의 숨은 적을 향해 불을 붙이네
신께서 총구에 소음기를 달아놓아
소리도 없이 꽃은 피네
전쟁통에도 꽃은 피어 시끄러운 법인데
전쟁이 무슨 무성영화 같으네

반딧불이 같은 꽃이
구조신호 같은 꽃이
매캐하게 피어나네
한 모금에 한 마디씩만 피네
들숨은 꽃의 방아쇠
날숨에 향기 대신 화염이라니
방아쇠를 당겨 꽃을 날리네
표적은 어디 숨어 나를 노리나
적을 향해 꽃을 피웠다 생각했는데
꽃의 낭떠러지 같은 총구를 떠난 꽃이
뒤돌아
나를 죽이네
시든 꽃처럼 시드는 가슴

인연설

이쪽과 저쪽이 잇닿아 있지 않고서야
여기와 저기가 맞닿아 있지 않고서야

물밑 접촉도 없이
그 먼 시간을 건너
생판 모르는 이 사람과
생판 모르는 저 사람이
사전 조율도 없이
짜맞춤 가구 이음매처럼 딱 맞아떨어질 수가

짜고 치는 고스톱판에도 눈치싸움 살벌한데
꽃이 봄으로 오는 일
목련이 목련나무 가지 끝에 내려앉는 일에도
재고 또 재는 수고로움과 갈량을 거듭하는데

수 세기 전부터
눈길를 주고 받지 않고서야
수시로 전파를 쏘아 올리지 않고서야

나는 지붕 위에 올라 요리조리
안테나를 비틀어본다

이원형 충남 서산 출생. 경희대 문예창작학과 재학중(사이버). 흙빛문학회 회원.
2021 『애지』등단. 시집 『이별하는 중입니다』

태생적 밤벌레 외 1편

임 덕 기

꽃타래 속에 알을 슬어놓고
어두운 성곽 안에 가둬놓고
혹독한 확률게임에 생존을 맡긴 채

때를 기다려 밖으로 나오라는 말만 남긴 채
어미는 떠나갔다

매듭진 시간이 끝날 무렵
자양분이 되어줄 속살을 파먹고
웅크리고 자다가
껍데기만 남긴 채

세상 밖으로 스멀스멀 기어 나왔다

예식장에서 환하게 웃는 젊은 커플
그들 속에 들앉아 있는 태생적 밤벌레
빠져나오지 못하게 하느라
노심초사勞心焦思하며 허둥거린다

어긋난 발로 문턱에 걸려 넘어지기 전까지
기름진 약속과 만찬의 시간은 유효하다
달그림자 지고 탐색전이 끝날 무렵이면

자기도 모르게 울타리 밖으로 걸어 나온다

나비들의 춤

잿빛 하늘에는
말없는 함성이 울려 퍼진다

침묵 속에 잠긴
허공에서
하이얀 나비들이 춤추며 안겨온다

곤두박질하며 내려오다가
바람결을 타고 오르내리다가
제 자리에서 맴돌다가
날개를 접고 서성거린다

지난 해 찾아온
산수유 벌거벗은 나뭇가지 위에
바알간 보석 위에
가녀린 발을 조심스럽게
내려놓는다

임덕기 2014년 『애지』 시 등단. 2012년 『에세이문학』 추천완료. (사)국제펜한국
본부 여성작가위원, 이대동창문인회이사, 한국문인협회, 한국시인협회, (
사)한국여성문학인회 회원. 시집 『꼰드랍다』, 『봄으로 가는 지도』. 수필집
『기우뚱한 나무』(2015년 세종나눔도서 선정), 『서로 다른 물빛』(원종린수
필문학상), 『스며들다』등.

혼잣말 외 1편

이 희 은

설거지를 하며 중얼거려요, 꽃으로 접시를 닦다니… 받침 없는 꽃잎이 입안에서 굴러다녀요, 이어지지 않은 문장은 타일 벽에서 물방울로 피어나고요, 말줄임표 안엔 접시에 남은 생선 가시처럼 비린내가 나요, 어제의 말을 구겨서 입술을 닦아요, 꽃잎이 뜯겨요

첫눈 섞은 추억을 먹고 싶었다고… 없는 추억을 만들기로 했죠, 첫눈과 앵무새의 발음을 적당히 비벼서 이별의 신파도 조금 섞기로 했어요, 매콤 짭짤한 이야기가 되어가고 있는데 진짜 눈이 내리네요, 첫눈이 오네 첫눈이… 들어줄 이 없는 창밖에 대고 웅얼거려요, 숟가락에 묻은 양념이 물에 녹듯 입속에서 녹아버리네요, 앵무새가 녹아버린 말을 반복해요

수도꼭지에선 참았던 뜨거운 말이 쏟아져요, 그 말을 다 들어주니 부었던 손가락이 훈훈해져요, 벽시계는 저 혼자 자꾸 재깍거려요, 무채색의 그 소리를 따라가다 보니 어지럼증이 와요, 내가 듣거나 말거나 웅웅거리는 냉장고, 뭉개지는 소리에 발이 걸려요, 밤새 냉동실에 쌓아놓은 소리 다 얼지 않았나 보네요, 문을 열고 반쯤 언 말을 꺼내 입안에 넣고 깨물어요, 당근 색깔의 얼음이 녹자 이런, 내 귀는 당나귀 귀처럼 커져버렸어요 종종 내 말을 잘 들어주어야겠어요

가끔이라도 제라늄

고개를 갸웃한 붉은 눈시울

꽃대 잘 올린 당당한 외목대, 선택한 가지 하나를 위해
나머지는 완벽하게 잘라버린, 목질화로 중심이 단단해졌
지만 하르르 흩날리는 꽃잎으로 감추었던 이야기를 공중
에 뿌려보기도 하는

창가에서 창가를 빛내는

토분 같은 기질이라며 오늘 마셨던 감정들 몇 시간이면
잘 빠져나가 고슬고슬해진다고, 또 한 번 보여주는, 움직
이는 시선을 의식한 곡선의 자세

무대를 위해선 결코 몸집 불리지 않는

수시로 자라는 욕망의 곁가지, 환한 햇살의 세례 받으면
그까짓 살 한 점쯤 떼어내도 괜찮은, 옆구리가 추워도 몇
번의 꽃잎 피워 올리면 다 잊어버리는

계절의 손바닥 안에서 가끔 황홀했지 이젠 생장점을 자
르고 새롭게 삽목해야 할 때, 나를 떠나보내야 할 때

이희은 2014년 『애지』로 등단. 시집 『밤의 수족관』, 2018년 대전문화재단 창작지
원금 수혜. 제7회 정읍사문학상

최저임금 외 1편

정 가 을

숙주가 섞인 라면을 숟가락에 얹어 돌려먹기를 몇 번 반복했다 매운 내가 면과 함께 목으로 훅 넘어가면서 기침을 몇 번 하다 찬물을 한 컵 마신다 라면의 어깨 위로 늘어진 노란 머리카락을 같이 감기 시작했다 손가락이 어지럽게 넘친다 베어 먹는다 잘 끊기지 않아 미간이 찌푸려졌다 구역질이 잠처럼 밀려와요 사무실로 돌아오는 길 비가 건널목 흰 페인트 부분에 먼저 떨어졌는데 아무도 우산을 쓰지 않는다 월급날 월세가 나갈 수 있도록 예약 이체를 설정해 놓고 딱 키만한 침대에 누웠다 머리카락은 금방 길어 목을 덮었지만 서늘했다

집들이

내가 도착했을 때는 모두가 취해 있었다 그가 나를 보고 손에 쥐고 있던 잔을 쏟았다 휴지는 둘둘 말린 채로 테이블 위 말들을 훔치고 있다 소란스러운 소문은 그의 것이 아닐수록 부피가 커졌다 마당 한쪽 돌계단 아래 부레옥잠 없는 연못 내가 모아놓은 이끼들이 돌 하나 연못 속으로 던졌는데 가라앉지 않았다 밤이 깊었다는 증거 썩은 귤을 먹고 방바닥에 토하는 꿈을 꾸었다 막 눈을 떴을 때였다 입가에 묻어 있는 초록 곰팡이 구역질이 났다 목은 부어 있었다 그가 아픈지도 모르겠다 돌아누우면 산을 마주하게 된다 오른쪽 다리를 산 능선에 걸친다 착잡한 잣나무 신갈나무 젖은 새들의 목소리

정가을 2018년 「애지」로 등단. 시집 「바질토마토」, 「빌어먹을 다짐들」. 이메일 qnwls@naver.com

4부

정해영, 조성례, 조순희, 조영심

조옥엽, 최병근, 최윤경, 허이서

현상연, 현순애

응시 외 1편

정 해 영

바람이 분다

아늑한 실내 한 모퉁이
돌에 새긴
긴 머리카락이 날리고
있다

하루에도 수십 번
무지개가 뜬다는
빅토리아 폭포 구릉에서
자란 돌의 머리카락

정과 끌을 쥔
장인의 손에
치렁치렁 감겨
나왔는데

광폭한 생의 덩어리를
쪼개
하루하루를 디자인한
신의 손이 저럴까

\>

무겁고 완강한 돌이
미풍에 날릴 때까지
두드리고 매만지고
쪼갠 흔적으로

예술인 줄 몰라
예술이 된 돌

헝클어진 머리카락을
슬쩍 쓸어 올리고 있다

등

사랑은
받지 않아도 줄 수 있는 것

꽃핀 나무 그림자 속에는
그 꽃의
색깔과 모양과 향기가 들어 있지
사랑하는 마음은
나무 그림자의 꽃에 대한 기억
같은 것

사랑을 섣불리 말로 그리려 하면
깎아 놓은 사과처럼 변색하지

말없이 등을 내밀어
너를 업는다

내 손이 닿지 않는 곳에
너의 심장이 닿는다
사랑인 줄도 모르는 채
너를 들쳐 업은 일

사랑은 몰라도 줄 수 있는 것

원래
너의 앞이었던 나의 뒤

그 벌판 같던 등
하나면 충분하지

정해영 2009년 『애지』로 등단. 시집 『왼쪽이 쓸쓸하다』. 2014년 문화예술위원회 우수도서 선정. 2021년 제19회 애지문학상 수상.

즐거운 제사* 외 1편

조 성 례

한 세기를 넘나들던 어머니
숫자만큼이나 하얗던 머리칼
오늘 가신지 5주기를 맞아
청포묵과 커피, 배추전을 올린다
조율이시 홍동백서에 가려 보이지 않던 음식들이
당신의 생전을 기린다

가녀린 아들 하나에 스물하나 청상을 지키시더니
젯상 앞에 그득한 손자들
바라보시는 눈길이 따듯하시겠다
곧은 목이었던
늘 땅을 바라 보던 눈길
앞길보단 뒷길을 밟은 자욱
오늘은 높이 사방을 휘저어보시겠지

가신 날이 예수님 오신 날
좋은 날
달다고 한 그 웃음이
손자들 입에서 터져나오고
할머니의 굽은 등 세 발로 걷던 흉내를 내던
증손자의
재현에 다시 한 번 방안이
화르르 꽃이 피어난다

* 박지웅의 즐거운 제사에서 차용

기다림은 아프다

아침밥을 푸는데
밖에서 가녀린 울음 소리 들린다

현관 앞에 쭈그려 앉은 고양이
밥 한 숟갈 북엇국 한 숟갈을 얹어서 접시에 부어준다

밥에 고개를 들이밀다
맑고 슬픈 눈으로 바라보며 야옹 한다
밥 먹어야 살아
날씨도 추운데
마치 사람에게 하듯 이야길 해도
발자국을 따라다니며 울더니

너와 나의 마음이 함께 따뜻해지는 동지 즈음
밥과 얹어준 멸치를 먹고
포근한 햇살에 배를 쭈욱 깔고 눕는다
털이
따스하다

긴 외출에서 돌아오니
저 혼자 힘들었나
빈 접시만 기다리고 있다

마음이 오래 비워두었던 빈 집처럼 춥다

조성례 2015년 『애지』 가을호 신인상. 시집 『가을을 수선하다』. 2022년 17회 충북
여성 문학상 수상. 이메일 rkdirhrfl@hanmail.net

홍매루* 낮달 사용설명서 외 1편

조 순 희

튤립 한 그루
초록抄錄초록抄錄 첫 시를 받아 적는, 마을 어귀

화양면 활동리 21번지에 당도한 바람이
금강을 치마처럼 펼치고 하늘을 필사해요
벽오동 사이로 내걸린 희고 둥근 거울 하나
이별 하나 삼켰는지, 고요가 동공처럼 글썽여요

홍매루 지붕에서 구름으로 연을 띄우는 쑥부쟁이의 가느
다란 종아리
소쩍새가 떨어트리고 간 풀빛마을을 향해 석초 선생이 걸
어가요

산그늘 깊은 어성산 또 한 시절을 완성하러 왔을까요
진강에 시름 담그고 농어 몇 마리 낚으러 왔을까요
어쩌면 해송에 걸린 구름 한 마리 놓아주러 왔을까요

풀씨 여무는 들판에서 휘발을 완성했을 저, 그림자

오늘밤 거대한 붕새와 그분을 보았다고
펄럭이는 날개 위 그분 모습 정말 보았다고
상상하고 노래하는 당신과 나는, 우주의 연대기를 아는

사람들

　　낮달만 모아 만든 미소를 하고
　　방금 내게 손 흔들던 저 사내,
　　바로 그가 석초인 건 변할 수 없잖아요

　* 紅梅樓 : 신석초 시인의 당호.

야생의 설렘 너머로 최초의 박동을 만질 때
— 남산 반보기

연어 닮은 마음 하나 꺼내요

간절함을 메뉴판 모양으로 내걸면
밥을 찾듯, 만날 수 있을까요 어머니?

눈물이 떨어질 때면 우린 남산을 올랐죠

남산에 오르면 깊을 대로 깊어진
당신과 나 사이
노끈보다 질긴 틈 하나 숟가락만큼 둥글어가요

체적을 부풀린 떡갈나무도 달맞이꽃 쪽으로 다리를 뻗고

그런데

어머니 어쩌죠?
사양 머리 파랑 치마 그때가 입덧하듯 그리워요
급조된 만남도, 달빛도, 때론 오래된 숙제로 밀리기도
했지요

정산이 남은 만남은 남산 근처가 제격인데
우리 그 산마루 어디쯤에서 반보기해요

문고리에 묻힌 눈물 말리기엔 짧은데

해거름마저 잠그는 건 시대에 뒤떨어진 발상

그래도 산이 제법 높아서
아직은 푸른 약속 아래를 처음처럼 걸어보는 거죠
이별을 떠나보내기 위해선 만남이 필수인걸요,

달빛 스친 바람 오래도록 창가에 걸어두어요

남산이 너무 먼 서쪽에선 어떡하죠, 근데 이 봐요
저만치 출렁이는 수평선 한 척은
어제 누가 납품한 신종 이별인 거죠?

분홍분홍, 노을 지는 서해를
읽어요 하룻밤 새 사내는 더 욱– 해졌는지
보라보라 짙은 후폭풍 동반한

저

최초의 박동

B형, 노을

조순희 충남 부여 출생. 2018년 『애지』로 등단. 시집 『꽃 피우는 그 일』, 『바람의 이
분법』. 원광대학교 대학원(교육학 석사), 건양대학교 대학원(행정학 박사)
졸업. 이메일 sakdong5@hanmail.net

별빛 실은 그 잔바람은 어떻게 오실까 외 1편

조 영 심

가막만은 별빛 자르르한 옥토였다

먼 바다 돌아 온 달이 외진 포구 넘너리에 고삐 매어두는 밤, 개밥바라기별 앞세워 대경도 소경도 물결 찰방이는 소리에 우수수 우수수수 쏟아지던 별의 금싸라기, 뭍에서나 물에서나 별의 숨결 받아먹고 숨탄것들 탱글탱글 여물던 찰진 별밭이었다

큰바람도 여기 와선 숨을 고르고 별들과 뒹굴었다

언제부턴가, 경도 큰 고래 작은 고래 등허리에 줄지어 내걸린 큰 전등이며 나뭇가지 친친 감은 색색의 꼬마전구에 밀려 그 많던 별들은 소리 없이 사라지고 잔잔한 바다에 고랑 이랑을 내고 별빛을 경작하던 바람도 이제 길을 잃었다

전설이 죽고 꿈도 사라졌다

밤낮없이 먹고 마시고 노느라 팽개쳐버린 별빛은 이제 더이상 바다에 이르는 길을 내지 않는다
달빛도 별빛도 발길 끊어버린 번화가 포구에 하늘 길 바닷길 내어줄 그 바람, 아기 숨결 같은 그 잔바람은 어떻게 오실까

명자는 좋겄다

야가 명자나무란다 야,
명자는 좋겄다 이름표도 떠억 차고

바람도 쐴 겸 화분 하나 보자고 들른 오형제 분재원

앞가슴에 이름표 달고 으스대는 학교 길이
어찌나 어린 가슴에 넘 불거 뵈던지 뵈던지

가까운 신작로 놔 두고 뺑뺑 뒷길로 돌아다녔다는 엄마

야는 어째서 허고 많은 이름 중에 명자다요?
우리 명자는 새초롬헌것이 손끝은 참 야무졌는디

그나저나 당숙 딸 명자는 어디서 사느냐 묻는다

나무고 꽃이고 떠억 이름표 달아 준 게
야들도 나를 깜보듯 쳐다본다, 야

명자야, 너는 나를 깜보지 말어라 잉

긍게, 나도 이름표 달 날 얼마 안 남았어야
내 아들이 번듯하게 비석 세워준단다

조영심 2007년 『애지』 등단. 시집 『담을 헐다』, 『소리의 정원』, 『그리움의 크기』. 이
메일 titirangss@daum.net

착불, 택배가 도착했어요 외 1편

조 옥 엽

서울 큰아들 집에 사시던 팔순노인이
주소 하나 달랑 들고
시골 작은아들 집으로 들이닥쳤다

등에 까만 도로명을 써 붙인
축이 맞지 않는 허름한 택배 상자 하나

아들이 퇴근하기를 기다려
허술한 짐보따리를 끌어안은 채
추위에 오들오들 떨고 있다

서리 맞은 들깻단 같은 등허리

얼마 후 광주 사는 딸네가 노인을 모셔갔다는 후문이 들
려왔다

택배사의 허접한 중고품으로 전락
이곳저곳을 전전하는 착불 택배

갈피 갈피마다 피 묻은 일기장이 보인다

사랑은

한파가 몰아치는 겨울밤
음악방송을 듣고 있다

다락방에 앉아 음악을 들으며
자수를 놓다 보면 자정을 넘기기도 하고
새벽이 되기도 한다며
마르티니의 사랑의 기쁨을
청한다는 사연이 흘러나온다

사랑의 기쁨은 제목과
정반대되는 노래
곧 소프라노 조수미의 목소리가 울려 퍼진다

마치 아득히 먼 창공에서
사랑을 잃고 헤매는 짐승이
눈물을 뚝뚝 떨어뜨리는 것 같다

이 추운 밤 어느 별 아래서
사랑의 기쁨을 들으며
사랑의 슬픔을 잊고자 한 여인

사랑은 슬퍼서 아름다운가
아름다워서 슬픈가

조옥엽 전남 구례출생. 2010년 『애지』로 등단. 2021년 전남문화재단 창작지원금 수혜. 시집 『지하의 문사』, 『불멸의 그 여자』. 이메일 chookyup@hanmail.net

문제들 외 1편

최 병 근

마천루가 피뢰침에게 물었다
너, 내 안에서 무성히 자라나고 있는 음모들을 알아?

피뢰침이 대답했다
하늘의 음모는 알고 있지

마천루의 뿌리는 지하주차장
늘 지상보다 어둡다

모든 음모는 구름 위에 있고
지하주차장에 있다

지상을 살아가는 착한 영혼들은
그걸 모른다 마치
자신의 고향이 하늘인 걸 착각한 듯이
아니면 돌아갈 곳이 지하라는 걸
알고도 모른 체하는 듯

사막화는
보이지 않는 곳에서 시작되었다

질주에 대한 편견

멈추어야 하는 지점에서
사고는 일어난다
골목에서의 사랑은
벚꽃 핀 봄날이 아니었다
어둠이 어떻게 세계를 어루만져
흰 토끼의 허황한 꿈을 완성할 수 있나
귀를 쫑긋 세우고
코를 열어 쿵쿵거리고
뛰어 봐야 거기서 거기
세계는 생각보다 넓어
머리통을 짓누른다
여우의 숲을 떠나 초원에 간들
토끼는 토끼
매의 눈을 피할 수 없다
아무리 빨리 도주해도
날개의 속도를 이기지 못한다
날 수 없는 거북이는 차라리 돌이 되어
사막을 견딘다

최병근 충남 보령 출생. 2020년 『애지』로 등단. 시집 『바람의 지휘자』, 『말의 활주로』 『먼지』. 이메일 cbgaaa@hanmail.net

관계 외 1편

최 윤 경

한겨울 잘 버텨 주길 바라며
나뭇잎은 기꺼이 나무의 이불이 되어 준다

우린 한평생 잘 어우러지기 위하여
서로에게 나무가 되어 준다

나무 이불도 되었다가
이불 나무로 다시 태어나면서

가시연꽃

내 몸을 함께 살아줘서 고맙다
내 아픔 견뎌준 내 사랑 고맙다
세 봄의 생살 갈가리 찢고 나서야 고맙다고
비로소 환하게 가슴 여는 가시연꽃

넌 나의 따뜻한 양수야
내 상처를 뿌리째 받쳐주는
뜨거운 눈물이야

우리 절절한 아픔이 있어
살갗 저미는 고통이 있어
같이 건네준 위로가 있어
서로의 몸 안에 삐적삐적 돋친 슬픔들
하나씩 온건히 터져
꽃가시로 가시꽃으로
울음을 꽃 피울 수 있었던 거야

최윤경 대전 출생. 2004년『시와 시학』으로 등단. 시집『슬픔의 무늬』,『오늘은 둥근 시가 폈습니다』,『지는 것에 대한 화해』. 이메일 yn6456@naver.com

사이 외 1편

허 이 서

아침이 열리는 시간쯤이거나
저녁이 열리는 시간쯤일까
빛의 색채가 어둠의 배웅으로
어둠의 이력이 빛의 마중으로 바뀌는 찰나

비율의 반으로 접어
어떤 절명의 순간도
경계의 선으로만 두고
낮에 그늘이듯
저녁에 별빛이듯
슬쩍 흘러갔으면 좋겠다

49를 채우다 51로 떨어지는
바이킹에 올라
위로 차오르며 시간에 스미고
아래로 내려오며 허공에 내쉬듯
내 몸의 온도가
39도와 41도 사이를 오간다

아무렇지도 않을 1할의 여운을 살다가
저녁이 열리는 아슬한 노을과
아침이 닫히는 여명쯤에서
그냥 그렇게 너머로 훌쩍 흘러갔으면 좋겠다

안녕하십니까 고객님

안녕하세요
누구시죠?
저는…

이 광고는 무료 수신거부 가능하시구요

뚝.
안녕하세요 고객님

뚝.
안녕하세요 고객님
뚝.

안녕이라는 말이 스팸 처리가 되는
안녕하라는 내가 거절 처리되는 순간이다

나에게는 안녕이 간절하지만
수신자들에게 나의 안녕은
어긋난 기계음으로 거부된다

안녕하세요
주욱.

>
안녕하세요 고객님
주욱.

뚝 처리된 이름에 까만 줄을 긋는다

안녕하세요 고객님
여보세요
쓸데없는 전화하지 마세요
뚝.

시간이 하얗게 지워지며 쓰러진다

너덜너덜해진 공기를
음흠흠 가다듬으며
안녕하십니까

안녕하십니까 고객님
네 누구세요

그 한 마디에도 화색이 돈다
'누구세요'에서 끝을 잡고
씨앗을 놓지지 않으려고

나는 스크립트를 읽는다

중간중간 사라지는 까만 씨앗들
이 가녀린 씨앗에서 꽃을 피우기 위해
하루에 수백 번을 안녕하냐고 묻는다

안녕 안녕을 외쳐대며 나는 지금 안녕한 걸까

허이서 2022년 계간 『애지』 가을호 등단. 이메일 glstnr0630@hanmail.net

어미 소의 이별 외 1편

현 상 연

아침 해가 솟으면
소가족은 풀밭으로 이동한다
어미가 말뚝을 벗어나지 않듯
새끼도 어미 둘레를 돌지만
먹구름 낀 바람이 낯선 곳으로 이동하면
소의 울음은 불안해진다

새끼와 어미를 뗄 때가 되었다는
아버지 말에 어미의 커다란 눈에 눈물이 글썽였다
이별이라는 익숙지 않은 감정에 잠을 설치며
밤새 긴 혀로 송아지를 핥고

이른 아침,
소장수가 집에 들렀다

이별과 슬픔 사이에는 어미와 자식이 있어
새끼를 판 아버지도
슬픔에서 빠져 나오지 못했다

어쩌면, 송아지는 말뚝에 매어있을 때가
더 자유로운 것인지 모른다
구속이 풀린 속박의 자유가

더 큰 구속이 되어버린 송아지
어미 소의 슬픔이 끌려 나오자
트럭에 오르는 송아지
긴 생이별이다

어미의 긴 울음이 밤을 흔들어댔다

도미노 게임

여기저기 재채기 하는 꽃
꽃가루 묻은 나비 날아다니고
잦은 날갯짓에 우르르 쏟아지는 확진자
벌과 나비의 동선이 겹쳤다
접촉한 곤충들 발목에 꽃가루 묻었다

나비가 머물다 간 맨드라미
열이 39도
경계를 게을리한 꿀벌에게 자택 근무령이 떨어지고
밀접 접촉자가 누구인지 역추적도 시작되었다
곤충들 사이 거리두기가 시작되며
붕붕거리던 땡벌 노래방은 네 마리 이상 모여
마이크를 내려놓아야했다

수시로 단합하며 몰려다니던 자들
꽃핀 자리와 꽃 진 자리를 기피하는 꽃밭이 한산하다
겨울을 딛고 올라오던 연두
추위가 길 것 같은 예감에 전전긍긍이다

칼라 마스크
꽃가루처럼 번지고 있다

현상연 평택 출생. 한국방송대국문과 졸업. 2017년 『애지』신인상 수상. 시집 『가
마우지 달빛을 낚다』. 이메일 hyusykr@hanmail.net

봄바람 외 1편

현 순 애

집 나갔던 강생이
지난 계절 어디서 쏘다니다 왔는지
묻지 않기로 하자

한때 광야에서
드넓은 초원에서
갈기 휘날리던 수컷이다

명지바람 꽁지
붓끝에 묶어
탱탱이 부푼 젖가슴
건들건들 희롱하는,
허공에 대고 속살 여는
태어나는 것들의 아비다

봄물결 출렁이는
목덜미 붉은 어린 사월이 초상
수채화로 완성하고
홀연히 떠나가는 화공이다

싱싱하게 물오르는 오월이년 엉덩짝 그리며
지느러미에 근육 만들고 있다는
풍문,
뜨겁다

철새 도래지, 화진포

살맛 잃어 야윈 발목
미시령 넘어 화진포로 서식지 옮기는 철새,
오늘은 고니쯤 되기로 하자

호수와 바다가 만나
간 맞추어 통정하는 화진 호에는
연어, 숭어떼 서로 희롱하고
동해가 달려온 산줄기와 은밀히 내통하다가
바람도 물결도 잠이 들면
전설에 잠긴 마을 잠깐 보여준다는데

고운 모래사장 모래톱으로
부지런히 먼 이야기 퍼 나르는,
파도가 부려놓고 간 물기 스민 첩첩산중에 묻혀
한 사나흘 살아보자
일렁이는 물결에 서리서리 얽힌 세상살이
실마리도 풀어보고
생각 많은 머릿속은 솔바람에 헹궈도 보자

하늘과 바다가 하나가 되는
저 농밀한 세상에서
절묘하게 선경이 되는 화진포 해안가

모래 밟는 소리에 홀려

고니처럼 한 계절 살다 보면

살맛 다시 찾을 수 있을까

현순애 한국방송통신대학교 국어국문학과 재학. 제3회 보재이상설선생 추모 전
국시낭송대회 대상, 2019년 계룡문학상 수상, 계룡문인협회 회원, 시낭
송가.

반경환 명시감상
— 장옥관, 김기택, 김정웅, 정해영, 현순애의 시

반경환 철학예술가 및 『애지』 주간

반경환 명시감상
— 장옥관, 김기택, 김정웅, 정해영, 현순애의 시

메밀냉면

장 옥 관

겨울을 먹는 일이다
한 여름에 한겨울을 불러와 막무가내 날뛰는
더위를 주저 앉히는 일
팔팔 끓인 고기 국물에 얼음 띄워
입안 얼얼한 겨자까지 곁들이는 일

실은 겨울에 여름을 먹는 일이다
창밖에 흰 눈이 펄펄 날리는 날 절절 끓는 온돌방에 앉아
동치미 국물에 메밀국수 말아 먹으니 이야말로
겨울이 여름을 먹는 일

겨울과 여름 바뀌고 또 바뀐

아득한 시간에서 묵은 맛은 탄생하느니
아버지의 아버지의 아버지, 그 깊은 샘에서 솟아난
담담하고 슴슴한 이 맛
핏물 걸러낸 곰국처럼 눈 맑은 메밀맛

그래서일까 내 단골집 안면옥은
노른자위 땅에 동굴 파고 해마다 겨울잠 드는데
냉면은 메밀이 아니라
간장독 속 진하고 깊은 빛깔처럼
그윽하고 미묘한 시간으로 빚는 거라는 뜻 아닐는지
— 장옥관 시집, 『사람이 없었다고 한다』에서

   아름다움은 가장 이상적이고 순수한 형태이며, 우리는
아름다움을 만날 때마다 곧 자기 자신을 잃어버린다. 꿈과
희망, 사랑과 미움, 선과 악, 진리와 허위, 질투와 시기 등
을 다 잊어버리고 아름다움 속으로 들어가 그 아름다움과
함께 산다. 아름다움은 쓸모없음의 쓸모있음이며, 모든 상
업적— 경제학적인 잣대를 퇴출시킨 '순수미 자체'라고 할
수가 있다.
   장옥관 시인의 「메일냉면」은 '메밀냉면'의 가장 이상적인
형태이며, '순수미 자체'라고 할 수가 있다. '메밀냉면'을 한
여름에 먹는 것은 "한겨울을 불러와 막무가내 날뛰는/ 더
위를 주저 앉히는 일"이며, "팔팔 끓인 고기 국물에 얼음 띄
워/ 입안 얼얼한 겨자까지 곁들이는" 한겨울을 먹는 일이
다. 하지만, 그러나, 한겨울에 '메밀냉면'을 먹는 것은 "창
밖에 흰 눈이 펄펄 날리는 날 절절 끓는 온돌방에 앉아/ 동

치미 국물에 메밀국수 말아 먹으니 이야말로/ 겨울이 여름을 먹는 일"이라는 시구에서처럼, 겨울이 여름을 먹는 일인 것이다. 한여름에 메밀냉면을 먹는 것은 한겨울을 먹으며 무더위를 쫓아내는 것이고, 한겨울에 메밀냉면을 먹는 것은 펄펄 끓는 온돌방에서 한여름을 먹으며 겨울 추위를 쫓아내는 것이다.

한여름의 더위와 한겨울의 추위, 메밀냉면은 단순한 메밀냉면이 아니라, 폭염과 혹한을 퇴치시키는 음식이자 삶의 철학의 진미라고 할 수가 있다. "겨울과 여름 바뀌고 또 바뀐/ 아득한 시간에서" 탄생한 메밀냉면, "아버지의 아버지의 아버지, 그 깊은 샘에서 솟아난/ 담담하고 슴슴한 이 맛/ 핏물 걸러낸 곰국처럼 눈 맑은 메밀맛", "냉면은 메밀이 아니라/ 간장독 속 진하고 깊은 빛깔처럼/ 그윽하고 미묘한 시간으로 빚는" 메밀냉면──. 장옥관 시인의 「메밀냉면」은 단순한 '안면옥의 메밀냉면'이 아니라, 장옥관 시인이 온몸으로, 온몸으로 쓴 '메밀냉면의 시'라고 하지 않을 수가 없다. "노른자위 땅에 동굴 파고 해마다 겨울잠"에 들듯이, 그는 그 메밀냉면의 아름다움과 그 맛을 살고 있는 것이다. 장옥관 시인의 「메밀냉면」은 '순수미 자체'이자 '최고급의 행복 자체'라고 할 수가 있다.

명인이나 명장이 되려면 그 무엇보다도 자기 자신의 목숨을 걸고 이 세상이 아닌 저 세상부터 다녀오지 않으면 안 된다. 가장 어렵고 힘들고 그 어느 누구도 할 수 없는 일을 가장 손쉽고 군더더기 하나도 없이 해내기 위해서는 자기 자신의 한계를 돌파하고 수없이 기존의 허물을 벗지 않으면 안 된다. 강원도의 명인이라는 한계, 서울의 명인이라는 한

계, 뉴욕의 명인이라는 한계, 런던의 명인이라는 한계, 대구의 명인이라는 한계를 돌파하고, 자기 자신만의 앎과 그 비법(철학)으로 전인류의 명인과 명장이 되는 것이다.

천재란 하늘이 빚어낸 사람이며, 그의 고귀하고 위대한 업적은 신의 능력과도 비견할 수가 있을 정도이다. 어느 누가 호머를, 셰익스피어를, 괴테를 함부로 폄하하고, 어느 누가 베토벤을, 모차르트를, 니체를 함부로 폄하하고 깎아내릴 수가 있단 말인가? 한겨울에 한여름을 먹고 한여름에 한겨울을 먹는 전인류의 명인과 명장이 되기 위해서는 '고통의 지옥훈련과정'을 거치지 않으면 안 되고, 이 '고통의 지옥훈련과정' 끝에서만이 전인류의 명인과 명장이 탄생하게 된다.

한겨울에 한여름을 먹고 한여름에 한겨울을 먹는 수사학적인 과장과 허풍을 동원하여 한여름의 더위와 한겨울의 추위를 퇴치시키는 장옥관 시인의 「메밀냉면」 앞에서 어느 누가 존경과 경의를 표하지 않을 수가 있단 말인가!

장옥관 시인의 「메밀냉면」, 아버지의 아버지의 아버지, 그 깊고 그윽한 한국어의 역사와 전통 속에서 그가 온몸으로, 온몸으로 써낸 천하제일의 별미(명시)!

아기는 엄마라는 발음으로 운다

김 기 택

울음이 입을 열 때마다
엄마가 동그랗게 새겨지는 입술
엄에 닫혔다가 마에 열려서
울 때마다 저절로 나오는 말 엄마

아기가 태어날 때
아기 울음과 함께 태어난 말 엄마
첫울음에서 나온 첫말 엄마
입보다 먼저 울음이 배운 말 엄마
아무리 크게 울어도
발음이 뭉개지지 않는 말 엄마

울음에 깊이 빠져 있을 때
아기는 엄마가 있는 곳을 아는 것 같다
엄마 찾는 길을 아는 것 같다
지치지 않고 나오는 울음을 다 뒤져서
나기 전부터 제 몸에 새겨진
엄마를 찾아내는 것 같다

울음이 몸을 다 차지하면
아기는 노래하며 노는 것 같다
엄마 심장 소리를 타고 노는 것 같다

우는 동안은 신났다가도
울음이 그치면 아기는 시무룩해지고
엄마라는 말만 입술에 덩그러니 남는다
울음이 더 남아 있다고
딸국질이 자꾸 목구멍을 들이받는다
— 김기택 시집, 『낫이라는 칼』에서

　이 세상에서 가장 사랑스럽고 정겨운 말은 엄마이고, 이 세상에서 가장 행복한 사람은 가장 훌륭한 엄마를 둔 어린 아기일 것이다. 아빠가 아기의 씨를 뿌리고 떠나간 사람이라면 엄마는 아기를 낳고 아기에게 젖을 먹이고, 그 아기를 길러낸 사람이라고 할 수가 있다. 엄마는 아기의 존재의 기원이고, 엄마와 아기는 하나의 생명체였으며, 따라서 아기가 이 세상에 태어날 때 그토록 처절하게 우는 것은 엄마의 몸에서 분리되는 두려움 때문일지도 모른다.

　우리 인간들은 가장 친숙하고 익숙한 것을 좋아하며, 이 세상 그 어느 곳을 가더라도 늘, 항상, 자기 자신만을 떠메고 다닌다. 우리 인간들은 좀처럼 변하지 않으며, 따라서 우리 인간들이 가장 두려워하는 것은 '이별불안'이라고 할 수가 있다. 자기 자신이 태어난 정든 고향땅을 떠나 낯선 곳으로 이사를 가는 것도 두렵고, 초등학교와 중, 고등학교를 졸업하고 대학교로 진학을 하는 것도 두렵다. 사랑하는 부모형제와 스승의 곁을 떠나 자기 자신의 삶을 연주하는 것도 두렵고, 자기 자신의 삶의 텃밭인 조국을 떠나 머나먼 이역나라로 이민을 가는 것도 두렵다. '이별불안'은 자기 자신의 존재의 근거가 **뿌리째 뽑히고**, 새롭고 낯선 곳에다가 **뿌리**를 내려야 하는 두려움 때문에 생기는 심리적인 현상이라고 할 수가 있다.

이 세상에서 그 무엇보다도 가장 큰 '이별불안'은 엄마의 뱃속을 떠날 때 생기는 것이고, 이 '이별의 상처'는 어린아기의 탯줄 속에 고스란히 각인되어 있는 것이다. 어린아기의 울음은 엄마의 뱃속을 떠나는 것에 대한 두려움이며, 그 엄마를 붙잡고 한사코 엄마의 뱃속에서 그 엄마와 함께 살고 싶다는 원초적인 욕망의 소산이라고 할 수가 있다. 김기택 시인의 「아기는 엄마라는 발음으로 운다」는 '아기의 울음'에 대한 생리적이고도 심리적인 성찰의 결과이자 그 울음을 통한 '어린아기의 존재론'이라고 할 수가 있다. 엄마와 아기가 일심동체였을 때는 하나의 탯줄로 이어져 있었지만, 그러나 이제는 그 탯줄이 끊어지고 아기의 울음, 즉, 그 말로 이어지게 되어 있는 것이다. 말은 탯줄이자 핏줄이고, 말은 핏줄이자 젖줄이며, 모든 어린아기들은 이 말을 통해서 그 모든 가르침과 자양분을 얻게 된다. 울음은 말 이전의 말이며, 이 아기의 울음이 '엄마'라는 말로 이어진다는 것이 김기택 시인의 시적 전언이기도 한 것이다.

울음이 입을 열 때마다 아기의 입술에는 엄마가 동그랗게 새겨지고, 아기의 입술은 "엄에 닫혔다가 마에 열려서/ 울 때마다 저절로" "엄마"라는 말이 나온다. 표음문자인 우리 한국어의 특성상, "아기 울음과 함께 태어난 말이 엄마"이고, 엄마라는 말은 아기의 첫울음과 함께 탄생한 첫말이라고 할 수가 있다. "입보다 먼저 울음이 배운 말이 엄마"이고, "아무리 크게 울어도/ 발음이 뭉개지지 않는 말이 엄마"이다. "울음에 깊이 빠져 있을 때/ 아기는 엄마가 있는 곳을" 알고 있는 데, 왜냐하면 울음은 어린아기의 탯줄이자 젖줄이며 핏줄이기 때문이다. 이 울음, 즉, 이 탯줄과 젖줄과 핏줄이 있는 한 엄마와 아기는 서로 서로 떨어져 있어도, 아니, 이 세상을 다 살고 떠나갈 때조차도 이 일심동체의 끈은 끊어지지도 않는다. "울음에 깊이 빠져 있을 때/ 아기는 엄마가 있는 곳을 아는 것 같다/ 엄마 찾는 길을 아는 것 같다"라는 시구가 그것이 아니라면 무엇이고, 또한, "지치지 않고 나오는 울음을 다 뒤져서/ 나기 전부터 제 몸에 새겨진/ 엄마를 찾아내는 것 같다"라는 시구가 그것이 아니라면 무엇이란 말인가?

"울음이 몸을 다 차지하면"은 더 이상 엄마를 찾지 않고 엄마와 함께 노는 것을 뜻하고, "우는 동안은 신났다가도/ 울음이 그치면 아기는 시무룩해"진다는 것은 '엄마찾기'를 그치면 이 세상의 삶이 재미가 없어진다는 것을 뜻한다. 엄마 찾기를 그치자 "엄마라는 말만 입술에 덩그러니 남는다"라는 것은 어린아기가 어른이 되었다는 것을 뜻하고, "울음이 더 남아 있다고/ 딸국질이 자꾸 목구멍을 들이받는다"는 것은 어른이 되어서도 어렵고 힘들 때마다 엄마를 더 자꾸 찾게 된다는 것을 뜻한다. 어린아기의 울음도 엄마찾기이고, 어른의 울음도 엄마찾기이다. 울음을 운다는 것은 장애를 만났다는 것을 뜻하고, 이 삶의 장애에서 벗어날 수 있는 유일한 길은 우리들의 구세주, 즉, 전지전능한 '성모의 힘' 뿐이라고 할 수가 있다. 엄마와 아빠, 형제와 자매, 엄마와 아기는 우리 인간들의 인간 관계의 '삼대 축'이지만, 그러나 이 인간 관계 중에서도 가장 중요한 것은 엄마와 아기의 관계라고 하지 않을 수가 없다.

엄마는 존재의 텃밭이고, 아기는 엄마의 꽃이자 열매이다. 엄마는 엄마라는 이름과 그 자식으로 평가를 받고, 아기는 엄마의 아들로서 그 고귀하고 위대한 업적으로써 평가를 받는다. 울음은 말 이전의 말이자 우리 인간들의 탯줄이자 젖줄이며, 핏줄이라고 할 수가 있다.

김기택 시인의「아기는 엄마라는 발음으로 운다」는 '울음의 언어학'이자 이 '울음의 언어학'을 통해 '어린아기의 존재론'을 정립한 시라고 할 수가 있다. 요컨대 엄마라는 말은 시원의 말이고, 이 최초의 말은 말 이전의 울음 소리이기도 한 것이다.

엄마, 엄마, 우리 인간들은 소위 입신출세를 하거나 늙어 죽을 때에도 영원히 '엄마의 젖'을 달라고 '생떼'를 쓰는 어린아기들에 지나지 않는다.

깊이 있게 공부하고 잘 질문할 줄을 알아야 한다.

'사상의 신전'을 짓고 모든 사람들을 초대할 수 있는 시인만이 천하제일의 시인이 될 수가 있는 것이다.

김기택 시인의「아기는 엄마라는 발음으로 운다」는 참으로 탁월한 시이며, 천하제일의 명시라고 하지 않을 수가 없다.

북극 항로

김 정 웅

깨뜨려야 해
가려는 마음조차도

배가 다닐 곳은 못돼
빙하는 단단한 벽

방위를 잃고 떠다니는 마음들이 모인
얼음 기둥들로 가득한 바다를
건너가고 싶어

빠른 길 수에즈 운하를 두고
쇄빙선을 찾다가

결국엔
늦는데도
더 늦을 텐데도

바다를 깨뜨려

나아가야 하니까
배가 달려야 하니까

개척한다는 것은

결국은

누구에게는 등을 보여야 하는 일

등을 돌리는 일보다

등을 보는 일이 힘들었던 기억

번져 가는 뜨거운 상념이

빙하 속에 차갑게 갇히는 시간

나침반이 N극을 잃은 낯선 북극에서

S극만이 서성거리는 우리의 좌표는 해빙되고

    안다는 것은 실천한다는 것이고, 실천한다는 것은 용기가 있다는 것이다. 모든 앎의 내용은 기존의 도덕과 풍습을 전복시키는 일이기 때문에 매우 두렵고 떨리는 일일 수도 있지만, 그러나 그것을 실천한다는 것은 자기 자신의 목숨을 걸지 않으면 안 된다. 일엽편주와도 같은 배를 타고 신대륙의 탐험에 나섰던 콜럼버스와 영원한 제국을 위해 세계정복운동에 나섰던 알렉산더 대왕이 바로 그것을 말해준다. 이 세상에서 자기 자신의 목숨보다도 더 소중한 것은 없지만, 그러나 고귀하고 위대한 꿈을 가진 자는 그 꿈을 위해 자기 자신의 단 하나뿐인 목숨을 바친 사람들이라고 할수가 있다. 명예를 위해 살고 명예를 위해 죽어간 사람들이야말로 진정한 전인류의 스승들이며, 그들의 '오점 없는 명예'에 의하여 오늘날의 문명과 문화가 발전해왔다고 해도 과언이 아니다. 고귀하고 위대한 꿈을 가진 자는 최고급의 지식인이며, 그는 눈앞의 이익은커녕, 그 어떤 타협도 하지 않은 사람이라고 할 수가 있다.

천길의 벼랑끝에서 석청을 채취하는 사람들, 하늘 높이, 그 외줄의 공포를 다스리며 공중곡예를 펼치는 사람들, 호랑이와 사자와 악어 등과 함께 살며 그 맹수들을 다스리는 사람들 역시도 자기 자신의 목숨을 건 사람들이지만, 그러나 진정으로 고귀하고 위대한 스승들은 자기 자신의 목숨을 젊으로써 전체 인류를 구원한 사람들이라고 할 수가 있다. '너 자신을 알라(소크라테스)', '아침에 도를 들으면 저녁에 죽어도 좋다(공자)', '네 마음이 부처다(부처)', '나는 너희에게 초인을 가르친다(니체)'라는 그 스승들은 어느 누구도 가지 않으려는 「북극 항로」를 개척해냈다고 할 수가 있다.

북극 항로는 단단한 빙하로 되어 있고 배가 다닐 곳은 못되지만, 그러나 그 불가능을 가능으로 바꾸지 않으면 새로운 세상은 열리지도 않는다. 불가능에 대한 믿음도 깨뜨려야 하고, "배가 다닐 곳은 못돼"라는 편견도 깨뜨려야 한다. 쉽고 빠른 길, 즉, '수에즈 운하'로 가려는 마음도 깨뜨려야 하고, "얼음 기둥들로 가득한 바다를" 건너가지 않으면 안 된다. 비록, 쉽고 빠른 길, '수에즈 운하'보다 더 늦은 길이 될지라도 북극 항로를 포기할 수는 없다. 북극 항로는 불가능하기 때문에 가능한 길이고, 가능하기 때문에 자기 자신의 목숨을 걸고 "바다를 깨뜨려" 앞으로, 앞으로 달려 나가지 않으면 안 된다.

콜럼버스, 알렉산더 대왕, 소크라테스, 공자, 부처, 니체, 데카르트 등은 전인류의 스승이기 전에 악마의 탈을 쓴 인간들이었고, 그들의 너무나도 달콤하고 부드러운 유혹 속에 수천 년의 역사와 전통이 무너지고, 수많은 젊은이들이 비명횡사를 하고 말았던 것이다. 「북극 항로」로 가는 길은 지옥으로 포장되어 있고, 이 지옥과의 사투를 벌이지 않으면 그 어떤 새로운 세상도 열리지 않는다. 안다는 것은 꿈을 꾼다는 것이고, 꿈을 꾼다는 것은 그 젊음, 그 용기, 그 앎과 지혜를 다 바친다는 것이다. 나의 말로 사유하고, 나의 사유로 모든 동식물들의 이름을 짓고, 나의 도덕과 법률에 따라 자유롭게 살며, 모든 시민들에게 가장 행복한 삶을 선사하지 않으면 안 된다.

북극 항로, 북극 항로, 이상낙원으로 가는 가장 빠른 길, 불가능하기 때문에 그 불가능과 혈투를 벌이며, 그러나 사나이다운 도전정신과 용기로 개척해 보고 싶은 길——.

우리 인간들은 꿈을 먹고 사는 동물이며, 이 꿈이 있기 때문에, 그 어떤 불명예도, 치욕도 참고 견딘다. 쉽고 빠른 길을 포기하고 어렵고 힘든 길을 간다는 것은 대부분의 사람들에게 등을 보이는 짓이며, 그 바보같은 짓 때문에 십자가에 못을 박히거나 화형을 당할 염려가 있는 것이다.

쉽고 빠른 길, 즉, '수에즈 운하'로 가는 길은 함께 가는 길이고, 어렵고 힘든 북극 항로로 가는 길은 등을 돌리는 길이다. 만인들의 의사에 반하는 길은 등을 보이는 길이고, 등을 보이는 길은 이 세상에서 가장 어렵고 힘든 길이다.

김정웅 시인의 "나침반이 N극을 잃은 낯선 북극": 가장 고귀하고 위대한 꿈을 꾸는 자는 명예에 살고 명예를 위해 죽는 자이며, 그는 끝끝내 그 북극 항로를 황금노선으로 개척해 내고 만다.

이 세상에서 가장 고귀하고 위대한 싸움은 '만인 대 일인의 싸움'이라고 할 수가 있다.

자, 단 한번뿐인 인생, 우리 모두 다같이 북극 항로에서 살다가 가는 거요!

응시

정 해 영

바람이 분다

아늑한 실내 한 모퉁이
돌에 새긴
긴 머리카락이 날리고
있다

하루에도 수십 번
무지개가 뜬다는
빅토리아 폭포 구릉에서
자란 돌의 머리카락

정과 끌을 쥔
장인의 손에
치렁치렁 감겨
나왔는데

광폭한 생의 덩어리를
쪼개
하루하루를 디자인한
신의 손이 저럴까

무겁고 완강한 돌이
미풍에 날릴 때까지
두드리고 매만지고
쪼갠 흔적으로

예술인 줄 몰라
예술이 된 돌

헝클어진 머리카락을
슬쩍 쓸어 올리고 있다

　이 세상의 만물의 척도는 인간이고, 모든 가치평가는 인간의「응시」에 달려 있다고 해도 과언이 아니다. 응시는 '바라봄'이지만, 단순한 바라봄이 아니라 어떤 일이나 대상을 아주 깊이 있게 살펴본다는 것이고, 따라서 응시는 어떤 일이나 대상의 가치를 평가한다는 것이다. 본다는 것은 최초의 대상을 인식한다는 것이고, 응시한다는 것은 그 대상을 인식함과 동시에, 그 대상에 대한 사유(가치평가)를 한다는 것이다. "우리의 마음은 인식의 두 근원에서 발생한다. 첫째 근원은 인상의 수용성, 즉, 대상을 받아들이는 능력이고, 둘째 근원은 개념의 자발성, 즉, 그 대상을 사유하는 능력"(칸트)이라고 할 수가 있다.

　"바람이 분다// 아늑한 실내 한 모퉁이/ 돌에 새긴/ 긴 머리카락이 날리고/ 있다." "하루에도 수십 번/ 무지개가 뜬다는/ 빅토리아 폭포 구릉에서/ 자란 돌의 머리카락"은 "정과 끌을 쥔/ 장인의 손에/ 치렁치렁 감겨" 나왔던 것이다.

오스카 와일드, 아니, 헤겔의 말대로, 인간이 자연을 모방하는 것이 아니라, 자연이 인간을 모방하는 것이다. 인간이 자연을 모방할 때는 인간의 주체성이 사라지지만, 자연이 인간을 모방할 때는 인간은 천지창조주, 즉, 예술가가 되는 것이다. 모든 자연은 인간의 정신의 산물에 지나지 않으며, 바로 이것이 헤겔의 '정신현상학'에 기초를 둔 '미학의 기원'이라고 할 수가 있는 것이다.

정해영 시인의 「응시」의 주인공은 조각가이며, 그는 빅토리아 폭포 구릉에서 가져온 돌에 그 생명력을 부여한 바가 있다. 사시사철 바람이 불고, 아늑한 실내 한 모퉁이에서 그의 긴 머리카락이 날리고 있다. 그는 하루에도 수십 번씩 무지개가 뜬다는 빅토리아 폭포 출신이며, "정과 칼을 손에 쥔/ 장인의 손에/ 치렁치렁 감겨" 나왔던 것이다. 이때에 중요한 것은 빅토리아 폭포 출신의 조각품이 아니라, "정과 칼을 손에 쥔/ 장인의 손"이며, 이 장인의 손에 의하여 그 무정형의 돌이 예술작품으로 생명력을 얻게 된 것이다. 이 예술작품은 "광폭한 생의 덩어리를/ 쪼개/ 하루하루를 디자인한/ 신의 손이 저럴까"라는 시구에서처럼, 하나의 기적이며, 그 예술가의 승리라고 할 수가 있다.

예술가는 모방하는 것이 아니라 창조하는 것이고, 이것이 모든 예술의 기원인 것이다. "무겁고 완강한 돌이/ 미풍에 날릴 때까지/ 두드리고 매만지고/ 쪼갠 흔적으로// 예술인 줄 몰라/ 예술이 된 돌"이 바로 그것이며, 돌은 인간이 되고, 이 인간은 만인의 마음을 사로잡는 이상적 인간이라고 할 수가 있다. 목수는 나무 속에서 인간을 꺼내고, 석공은 돌 속에서 인간을 꺼낸다. 따라서 그 나무 속의 인간, 돌

속의 인간에게 생명력을 불어넣고, 그 모든 산과 강과 들과 바람들마저도 살아 움직이게 한다. "예술인 줄 몰라/ 예술이 된 돌"은 돌의 놀라움이고, 돌의 경이이며, 돌의 존재가 인간 존재가 아닌 예술적 존재가 된 것이다. 가짜 예술은 인간의 정신이 결여되어 있지만, 진짜 예술은 인간의 정신으로 살아 움직인다.

돌이 놀라고, 돌이 너무나도 감격해 예술가에게 성의를 표하고 있는「응시」, 예술인 줄 몰라 예술이 된 최고급의 예술작품은 그러나 돌의 조각품에 있는 것이 아니라, 그 조각품에 생명력을 부여한 정해영 시인의「응시」에 있는 것이다. 정해영 시인의 응시에는 세 명의 주인공이 있는 데, 첫 번째는 빅토리아 폭포 산 돌이고, 두 번째는 그 돌에 생명력을 부여한 조각가이고, 그리고, 마지막으로 세 번째는 그 수용미학적인 측면에서 그 조각작품에 새로운 생명력을 부여한 정해영 시인이라고 할 수가 있다.

하지만, 그러나「응시」의 진짜 주인공은 돌도 아니고, 조각가도 아니다. 소설 속의 소설을 격자소설이라고 부르듯이,「응시」의 진짜 주인공은 그 조각가에게 천재성을 부여한 시인인 것이며, 정해영 시인은 그 '응시'를 통해서 "예술인 줄 몰라/ 예술이 된 돌"처럼, "헝클어진 머리카락을/ 슬쩍 쓸어 올리고" 있는 것이다. 응시는 대상을 바라보는 힘이고, 응시는 대상을 사유하는 힘이며, 이 두 힘의 결합에 의하여 최고급의「응시」가 탄생하게 된 것이다.

자연의 아름다움은 숭고하지 않고, 예술의 아름다움은 숭고하다. 자연의 아름다움에는 인간의 정신이 없고, 예술의 아름다움에는 인간의 정신이 각인되어 있기 때문이다.

우리 인간들은 자연 속에서 자연 그대로 살지 못하고, 자연을 자기 자신의 기호와 취미에 알맞게 인간화시킨다. 자연을 인간화시킨 것이 예술이며, 예술 속에는 우리 인간들의 행복과 그 모든 것이 다 들어 있다.

모든 문화는 예술의 꽃이며, 이 문화를 창출해내기 위해서는 천지창조주와도 같은 시인이 필요한 것이다(반경환, 『명언집 2』)

봄바람

현 순 애

집 나갔던 강생이
지난 계절 어디서 쏘다니다 왔는지
묻지 않기로 하자

한때 광야에서
드넓은 초원에서
갈기 휘날리던 수컷이다

명지바람 꽁지
붓끝에 묶어
탱탱이 부푼 젖멍울 건들건들 희롱하는,
허공에 대고 속살 여는
태어난 것들의 아비다

봄물결 출렁이는
목덜미 붉은 어린 사월이 초상
수채화로 완성하고
홀연히 떠나가는 화공이다

싱싱하게 물오르는 오월이년 엉덩짝 그리며
지느러미에 근육 만들고 있다는
풍문,

뜨겁다

수많은 음식점들 중에서 가장 좋은 이름은 '소문난 맛집'일 것이다. '소문난 맛집'은 수많은 고객들의 정평定評이며, 최고급의 영광이라고 할 수가 있다. 사시사철 벌과 나비들이 찾아오듯이, 선남선녀들이 기나긴 줄을 서며 기다릴 때, 소문난 맛집은 돈을 벌고 고객 중의 고객들보다 더 높은 사회적 지위와 명예를 얻게 될 것이다.

인간 중의 인간은 영원한 청년이며, 영원한 청년은 현순애 시인의 「봄바람」의 주인공과도 같다. 봄바람은 집 나갔던 강생이(강아지)가 되고, 집 나갔던 강생이는 "한때 광야에서/ 드넓은 초원에서/ 갈기 휘날리던 수컷"이었던 것이다. 영웅은 호색가라는 말이 우연이 아닌 것처럼, 출신성분이 좋고 건강하고 뛰어난 두뇌의 청년은 「봄바람」의 주인공이며, 종족의 명령에 따라 더 많이, 더 빨리 자기 자신의 씨앗을 파종하지 않으면 안 된다. 명지바람, 즉, 보드랍고 화창한 바람에 꽁지 묶어 마치, 인공수정하듯이, "탱탱이 부푼 젖멍울 건들건들 희롱하는" 영원한 청년은 모든 "태어난 것들의 아비"가 되고, "봄물결 출렁이는/ 목덜미 붉은 어린 사월이"를 "싱싱하게 물오르는 오월이년 엉덩짝 그리며," 하루바삐 성장하도록 "지느러미에 근육을 만들"어 주고 있는 것이다.

봄바람은 천의 얼굴을 지녔고, 봄바람은 모든 불가능을 가능하게 해준다. 현순애 시인의 「봄바람」은 소문난 맛집, '풍문'의 주인공이자 천하제일의 바람둥이이며, 정글의 법칙이든, 자연의 법칙이든지간에, '성의 향연'을 주재할 권리를 가진다. 집 나갔던 강생이를 드넓은 초원에서 갈기 휘날리던 수컷으로 변모시키는 힘도 탁월하고, 명지바람 꽁지 묶어 숫처녀들 탱탱이 부푼 젖멍울을 희롱하는 솜씨도 탁월하다. 목덜미 붉은 어린 사월이를 수채화로 완성하는 솜씨도 탁월하고, "싱싱하게 물오르는 오월이년 엉덩짝 그리며 지느러미 근육을" 만들어주는 솜씨도 탁월하다.

시인의 언어는 만사형통의 언어이며, 이 언어로 하지 못할 일은 하나도 없다. 언어로 인간의 사상과 감정을 표현하고, 언어로 음악을 만들고, 언어로 모든 사람들과 사물들을 그린다. 언어로 보이지 않는 것과 존재하지 않는 가상의 세계를 창조하고, 언어로 사랑과 평화와 행복을 주재한다. 언어로 그 옛날 사람들과 현재의 사람들을 만나게 하고, 언어로 과거와 현재와 미래를 이어주며, 더욱더 넓고 풍요로운 새로운 우주를 창출해낸다.

현순애 시인은 무정형의「봄바람」을 인간화시키고, 그 봄바람을 너무나도 엄청난 '성의 향연'의 주인공이자 명품인간으로 변모시켜, 이 세상의 최고급의 '성의 향연을 연출해 놓는다.

현순애 시인은 하늘도 감동하고, 시신詩神마저도 감동할 만한 명시名詩, 즉,「봄바람」의 시인이라고 할 수가 있다.

지혜사랑 시인선『북극 항로』(김정웅 외)는 애지문학회 회원들의 열일곱 번째 사화집 —『나비, 봄을 짜다』,『날개가 필요하다』,『아, 공중사리탑』,『버거 씨의 금연캠페인』, 『떠도는 구두』,『능소화에 부치다』,『엇박자의 키스』,『고고학적인 악수』,『혁명은 민주주의를 목표로 하는가』,『유리족의 하루』,『버려진다는 것』,『어떤 비행飛行』,『도레미파, 파, 파』,『굴뚝꽃』,『문어文魚』,『마당에 호랑이가 산다』에 이어서 — 이 된다.

강우현, 강익수, 권혁재, 김군길, 김도우, 김명이, 김선옥, 김소형, 김외숙, 김정원, 김정웅, 김재언, 김평엽, 김형식, 김행석, 남상진, 박 영, 박설하, 박은주, 박정란, 사공경헌, 손경선, 신혜진, 유계자, 유안나, 이국형, 이미순, 이병연, 이선희, 이원형, 임덕기, 이희은, 정가을, 정해영, 조성례, 조순희, 조영심, 조옥엽, 최병근, 최윤경, 허이서, 현상연, 현순애 등 43명의 시인들은 서정시를 쓰는 시인도 있고, 자유시를 쓰는 시인도 있다. 정신분석학적인 측면에서 시를 쓰는 시인도 있고, 자연과학적인 측면에서 시를 쓰는 시인도 있다. 낙천적인 시인도 있고, 회의적인 시인도 있다. 저마다 제각각 사상과 취향이 다르지만, 그러나 모두가 다같이 우리 인간들의 행복한 사회를 꿈꾸며, '시인 만세'인 시세계를 열어나간다.

이메일 ejisarang@hanmail.net

애지문학회 사화집
북극 항로

발 행   2023년 4월 9일
지 은 이   김정웅 외
펴 낸 이   반송림
편집디자인 반송림
펴 낸 곳   도서출판 지혜, 계간시전문지 애지
기획위원   반경환 이형권
주 소   34624 대전광역시 동구 태전로 57, 2층 도서출판 지혜
전 화   042-625-1140
팩 스   042-627-1140
전자우편   eji@ji-hye.com
            ejisarang@hanmail.net
애지카페   cafe.daum.net/ejiliterature

ISBN   979-11-5728-502-0 03810
값   10,000원

대전문화재단

* 이 사업은 대전광역시, (재)대전문화재단에서 사업비 일부를 지원 받았습니다.